OS EBÁLIDAS
DE PSEUDO-OUTIS

projeto gráfico **Frede Tizzot**
encadernação **Lab. Gráfico Arte & Letra**
preparação de texto e revisão **Carol Chiovatto**
ilustrações **Karl Felippe**

© Editora Arte e Letra, 2022
© Bruno Anselmi Matangrano, 2022

M 425
Matangrano, Bruno Anselmi
Os ebálidas de Pseudo-Outis / Bruno Anselmi Matangrano. – Curitiba : Arte & Letra, 2022.

108 p.

ISBN 978-65-87603-31-5

1. Ficção brasileira   I. Título

CDD   869.93

Índice para catálogo sistemático:
1. Ficção: Literatura brasileira   869.93
Catalogação na Fonte
Bibliotecária responsável: Ana Lúcia Merege - CRB-7 4667

Arte & Letra
Curitiba - PR - Brasil
Fone: (41) 3223-5302
www.arteeletra.com.br - contato@arteeletra.com.br

Bruno Anselmi Matangrano

OS EBÁLIDAS
DE PSEUDO-OUTIS

exemplar nº 097

Curitiba
2022

Para minhas avós, Geneffe e Marilene,
Com meu eterno amor, admiração e infinita gratidão.

SUMÁRIO

INTRODUÇÃO 9
   O texto e seu contexto 9
   Hipóteses interpretativas 13
   Em defesa (ou não) de Pseudo-Outis 16
   Recepção e traduções 19
OS EBÁLIDAS 25
BREVES CONSIDERAÇÕES FINAIS 81
NOTAS SOBRE A REPRODUÇÃO
DE PSEUDO-RECRIAÇÕES 85
NOTA HISTÓRICA À GUISA DE POSFÁCIO 87
NOTA REAL SOBRE A REPRODUÇÃO
DE PSEUDO-RECRIAÇÕES 94
ANEXOS 96
   Mapa 96
   ÁRVORES GENEALÓGICAS 97
   Casa dos Ebálidas 97
   Casa dos Tindáridas 98
   Casa dos Átridas 99
   Cada dos Perseidas e dos Heráclidas 100
   Casa dos Teseidas 101
AGRADECIMENTOS 102
NOTAS BIOGRÁFICAS 110
   O autor 106
   O ilustrador 107

OS EBÁLIDAS
DE PSEUDO-OUTIS

Edição apresentada, comentada e anotada, com tradução do francês medieval para o português brasileiro por Bruno Anselmi Matangrano

Pesquisa de acervo, fotografias e legendas das imagens por Karl Felippe

(Inclui árvores genealógicas, mapa e iconografia)

INTRODUÇÃO

Da Lituânia para o Mundo: a trajetória de um manuscrito

O texto e seu contexto

O texto que aqui apresentamos pela primeira vez em língua portuguesa, em edição comentada, criticamente embasada e acompanhada de aparato iconográfico, foi extraída do extenso e fragmentário livro de "crônicas" do suposto historiador ateniense conhecido na comunidade acadêmica como Pseudo-Outis, cuja real identidade – ou mesmo a existência – nunca foi comprovada, uma vez que "Outis" não passa de um epíteto (possivelmente emprestado da Odisseia homérica[1]), ou de um pseudônimo jocoso, e, sobreposto à partícula "Pseudo", torna-se ainda mais impossível qualquer associação a uma pessoa de carne e osso de antanho, ainda que tal hipótese tenha sido diversas vezes aventada.

Uma das teorias mais correntes identifica-o a Odisseu de Cilene, historiador e filósofo do período alexandrino que teria vivido em meados do século III a. C., sustentando a relação evidente entre o prenome do cileniano e o codinome do autor do manuscrito, bem como a localização da cidade de Cilene, na costa oeste do Peloponeso, onde se desenvolve a narrativa da crônica aqui traduzida. Outros ainda consideram que dada a dificuldade de se

---

[1] "Outis" significa ninguém na língua de Homero. Na *Odisseia*, o protagonista apresenta-se com esse nome para conseguir escapar da Ilha dos Ciclopes, após ter cegado Polifemo, um dos filhos de Posêidon. Por sua vez, o prefixo "Pseudo" ("falso" em grego), quando anteposto a um antropônimo, demarca a impossibilidade de se saber ao certo se tal autor redigiu, ou não, um documento, vide as obras apócrifas referenciadas como sendo de Pseudo-Longino, Pseudo-Apolodoro, Pseudo-Aristóteles etc.

defender a autoria de Odisseu de Cilene já na Antiguidade optou-se por acrescentar o sufixo preventivo "Pseudo" e, por algum jogo ou brincadeira, o próprio nome teria sido substituído pela alcunha que o Odisseu homérico dera a si mesmo. De todo modo, dentre aqueles que ainda creem na possibilidade de o autor se tratar de fato de uma figura histórica, a teoria mais corrente indica diversa procedência[2]. Segundo os poucos registros acerca dessa enigmática figura, Pseudo-Outis teria de fato vivido entre a segunda metade do século III a. C. e o início do século II a. C., não na costa oeste do Peloponeso, mas no território da atual capital grega, então sob disputa entre a Macedônia e a República Romana que terminaria por conquistá-lo.

O presente fragmento apresentado em inédita tradução foi escolhido por ser, dentre os setenta e três textos atribuídos a Pseudo-Outis, aquele que se encontra em melhor estado de preservação, praticamente completo, a despeito de algumas passagens da segunda metade terem se perdido, de alguns trechos apresentarem difícil leitura ou ainda da existência de acréscimos posteriores, como apontado em notas nesta edição. No entanto, o documento apresenta-se suficientemente conservado – especialmente se considerada a data de sua composição – para ser possível apreender seu intrínseco valor histórico e literário, resultando em uma leitura fluida, que suscita particular curiosidade pela forma como recupera a mitologia e a história pós-homéricas e incorpora à tradição elementos até então desconhecidos. Procuramos nessa tradução manter essa mesma fluidez e capacidade de maravilhamento perceptíveis no original.

O texto foi traduzido para o português brasileiro contemporâneo de maneira supostamente indireta, a partir de um ma-

---

[2] Justifica-se ainda, segundo essa teoria, que a escolha do nome cifrado para designar o historiador Odisseu de Cilene ecoaria o possível código utilizado nos enigmáticos nomes das personagens, sobre os quais falaremos mais adiante.

nuscrito monástico renascentista redigido em francês medieval – informação que talvez demarque o fato de tratar-se de cópia de um documento muito mais antigo, como salientam alguns de seus principais comentadores –, encontrado no século XIX pelo filólogo de origem germânica Kurt Wittembach (1832-1897), quando de sua visita à biblioteca particular do Conde Michel de Szémioth[3], na atual Lituânia, localidade então sob domínio do Império Russo, onde vários outros documentos de caráter único vinham sendo mantidos escondidos há gerações, dada a censura e opressão para com os povos bálticos no seio do império[4].

Szémioth, como grande fomentador da cultura clássica de seu povo, permitiu que Wittembach copiasse os materiais de seu interesse, sobretudo documentos na antiga língua lituana e no dialeto samogício[5], presenteando o professor com alguns manuscritos inigualáveis, dentre os quais a única cópia conhecida das ditas

---

[3] Não há registros das datas ou dos locais de nascimento e de morte desse conde cuja família era de provável origem polonesa, mas é sabido que era um pouco mais jovem do que seu amigo filólogo, segundo um texto biográfico assinado pelo próprio professor Kurt Wittembach. Ao que tudo indica, o conde desapareceu pouco após seu casamento em circunstâncias bastante enigmáticas, ainda durante a visita de Wittembach à sua residência na Lituânia.

[4] Lamentavelmente, a biblioteca de Szémioth – assim como grande parte dos acervos da Europa central e oriental – foi inteira e deliberadamente destruída por fogo durante a Segunda Guerra Mundial, quando dos ataques do exército vermelho à república da Lituânia, que recentemente havia conquistado a independência da Rússia. Quase nada do acervo original visitado por Wittembach sobreviveu, salvo os volumes que o professor alemão recebeu de presente do Conde Michel, durante sua visita, além de outros 23 títulos, de interesse nacional – notadamente sobre a história do país –, doados pelo último herdeiro conhecido do condado de Szémioth à Universidade de Vilnius, então sob domínio polonês, em 1927.

[5] Dialeto da língua lituana falado na região oeste do país. Entre o fim da Baixa Idade Média e o início da Idade Média tardia, era a língua da Samogícia, um principado de importância na região, responsável por rechaçar as primeiras hordas de cavaleiros teutônicos de origem germânica que assolaram a região durante o início do temido processo de cristianização.

Crônicas[6] de Pseudo-Outis, *obra destoante das demais raridades de sua biblioteca, tanto por seu conteúdo como pela sua procedência. Tais textos, então em posse de Wittembach, por sua vez, foram legados em testamento, após a morte do renomado filólogo, à Biblioteca Nacional Francesa (BNF), instituição junto à qual trabalhava naquela altura, onde permaneceram até recentemente*[7],

---

[6] O uso do termo "Crônicas" no título do manuscrito é tema de acalorados debates no meio acadêmico, suscitando diversas teorias, conforme discutirei mais adiante, mas é inequivocamente uma atribuição bastante posterior.

[7] Apesar de restarem algumas cópias recentes do documento – guardadas a sete chaves nos arquivos de obras raras em bibliotecas como a própria BNF, em Paris, a British Library, em Londres, a Biblioteca Real da Bélgica, em Bruxelas, a National Library of Scotland, em Edimburgo, e a Biblioteca Nacional de Portugal, em Lisboa –, o original doado por Wittembach desapareceu em 1973, em circunstâncias inusitadas e, até hoje, inexplicadas – ouso dizer ainda, inexplicáveis. Muito se especula em torno do que possa ter ocorrido. Em entrevista ao jornal *Le Monde*, na época, o administrador geral da Biblioteca Nacional, Étienne Dennery (1903-1979), mostrou-se ultrajado com as insinuações de descuido para com uma propriedade intelectual de valor incalculável como aquela. "Não admito que acusem a integridade e a segurança desta instituição. Qualquer um que já tenha pisado na BNF sabe dos procedimentos de segurança, cuidado e carinho com que cuidamos de todo o nosso acervo. Foi aberto um inquérito interno, em colaboração com os órgãos oficiais de segurança nacional da República, para averiguar o suposto desaparecimento do documento conhecido como *Manuscrito de Szémioth*, cujo paradeiro – tenho certeza – logo será identificado". Em nota, daquele mesmo ano, a biblioteca divulgaria que, apesar dos rumores, nada havia sido roubado de seus estabelecimentos; contudo, o registro do documento deixou de constar no acervo e nunca mais se soube de seu paradeiro, a menos que a BNF tenha optado por retirá-lo de catalogação e mantê-lo sob segredo, como aventaram alguns jornalistas pouco fiáveis nas semanas subsequentes. Esse foi o último posicionamento oficial da biblioteca acerca do manuscrito. Dennery deixou o cargo dois anos depois e seus sucessores recusaram-se a comentar o assunto sempre que questionados, reiterando que nada havia sido roubado, mas não dando maiores esclarecimentos à ausência do registro da obra de Pseudo-Outis nos catálogos da biblioteca. Alguns artigos pontuais tentaram reacender o debate na imprensa parisiense, mas, com o tempo, o assunto caiu no esquecimento por parte da mídia tradicional. O mesmo não se deu, é claro, entre os acadêmicos do país e fora dele que continuam especulando sobre o destino do manuscrito desaparecido. Vale acrescentar ainda que, obviamente, cópias foram feitas a partir daquelas guardadas nas instituições mencionadas, mas são segundas vias, que não foram feitas a partir do original.

uma vez que se autoexilara da sua nativa Königsberg (Conisberga, em bom português)[8] nos últimos anos de sua longa carreira.

Hipóteses interpretativas

Especula-se que essa versão francesa trazida ao conhecimento público por Wittembach em 1871, três anos após seu retorno de terras lituanas, foi feita a partir de algum original grego ou mesmo latino há muito perdido, conforme aventado na curta introdução não assinada do manuscrito. Não há outras versões conhecidas da obra de Pseudo-Outis, motivo pelo qual há quem considere o manuscrito da biblioteca de Szémioth uma fraude do período da Renascença, quando o interesse pela Antiguidade clássica elevara o preço de cópias de quaisquer documentos supostamente relativos àquela época a valores exorbitantes; outros consideram a obra pseudo-outiana um bem mais recente pastiche bizantino de diversos relatos do período alexandrino, motivo pelo qual teria de todo modo real importância no Renascimento e, mais ainda, nos tempos atuais.

Outros ainda creem tratar-se de um texto de ficção nascido no próprio contexto quatrocentista e dado a copiar em monastérios como forma de difundi-lo como obra rara e antiga – logo vendável e, é claro, assaz rentável. Essa abordagem teórica é atualmente uma das teorias mais consistentes, sendo sustentada pelas publicações do renomado professor Olívio Martins, especialista em historiografia antiga e diretor do Centro de Estudos Clássicos e Humanísticos da Universidade de Lisboa, em Portugal, além de também defendida por outros importantes trabalhos assinados por especialistas de diversas instituições de elevado prestígio, como

---

[8] Antiga possessão prussiana, atualmente pertencente à Rússia, sob o nome de Kaliningrado, sendo a parte mais ocidental deste país e um enclave em meio à União Europeia, comprimido entre a Polônia, a Lituânia e o Mar Báltico.

o igualmente célebre José Rodrigues Gusmão, da Universidade de São Paulo, especialista em literatura francesa do fim da Idade Média e início da Idade Moderna. Gusmão defende que a invenção das Crônicas de Pseudo--Outis teria se dado em contexto semelhante ao que, duzentos anos depois, resultaria na produção de As Aventuras de Telêmaco (1699)[9], de Fénelon (1651-1715), ou seja, em um exercício didático e imaginativo de revisão do imaginário grego, num momento no qual a Antiguidade Clássica retorna como modelo de cultura erudita e ideal estético[10]. Nesse sentido, a importância do documento residiria sobretudo enquanto peça de literatura francesa do fim da Alta Idade Média, o que de modo algum invalida seu atual valor intrínseco, seja histórico, seja literário, afinal, para todos os efeitos, estamos falando de um manuscrito de quase 600 anos, consideravelmente bem preservado, testemunho de uma época e das complicadas relações de autoria[11].

---

[9] Grande sucesso de sua época, o livro de Fénelon propunha uma continuação para a *Odisseia*, de Homero, contando em detalhes a participação de Telêmaco, filho de Odisseu e Penélope, e suposto pai do próprio poeta Homero, alegado fruto de seu casamento com a princesa guerreira Policasta, uma das filhas de Nestor, Rei de Pilos, segundo alguns documentos. O livro trazia críticas ferrenhas ao absolutismo então reinante no continente e encontrou público em toda a Europa, graças à sua escrita romanesca e, ao mesmo tempo, didática. Infelizmente, o livro é pouco difundido no Brasil e carece de novas traduções no cenário atual.

[10] Cf. José Rodrigues Gusmão, "Pseudo-Outis e o neo-helenismo da França antes de Fénelon", texto publicado no seu volume de ensaios *O Cânone desconstruído: o apagamento histórico das mais excêntricas obras da literatura francesa*, São Paulo, Ed. Sapiência, 1957.

[11] Essa leitura explica também o fato de o texto ser tão pouco estudado por helenistas contemporâneos, salvo por meio de perspectiva comparatista, dada a ausência de um original em grego. A maioria dos helenistas, aliás, alinha-se à mesma perspectiva teórica do professor Gusmão (caso de Olívio Martins, por exemplo), ou seja, considera-o uma peça de literatura francesa, não grega. Por outro lado, o manuscrito tem despertado cada vez mais interesse entre os estudiosos da história e da literatura da França durante a Baixa Idade Média e o Renascimento.

Em última instância, Pseudo-Outis seria, nesse caso, para o contexto francês, o que Ossian viria a ser nos anos 1700 no âmbito escocês, guardadas as devidas proporções e projeções, o quase anonimato de um e a celebridade do outro[12]. E aqui cabe um comentário que situe a diferença abismal entre o exercício didático de reconstrução de Fénelon e a farsa filológica habilidosa e magistralmente orquestrada por Macpherson. A primeira obra nunca se pretendeu outra coisa além do que era: isto é, uma nova história, autoral, assinada por aquele que de fato a redigiu, original, em dada medida, mesmo se a originalidade não fosse de todo um valor intrínseco no período. A segunda, ao contrário, nasce de um ardil bem engendrado pressupondo a descoberta de um documento histórico, quando, na verdade, é nascida do cuidadoso estudo e trabalho poético de seu dito tradutor. Pseudo-Outis, portanto, mesmo se criado "no mesmo espírito de época" (Zeitgeist) que concebeu As Aventuras de Telêmaco, dois séculos depois, traria, por outro lado, esse caráter "ardiloso" e arquitetado de fraude, como o Fingal, de Ossian, com a diferença curiosa de que, no caso do manuscrito francês, ninguém ganharia os créditos de autoria, nem mesmo de seu curioso comentário introdutório, ou enquanto copista ou tradutor[13], uma vez desvelada a verdade; afinal, o copista que a

---

[12] Ossian é supostamente um bardo escocês, filho do lendário guerreiro Fingal, que teria vivido no século III d. C., a quem James Macpherson (1736-1796) atribuiu uma saga de poemas, cuja teórica "tradução" do gaélico para o inglês moderno o próprio Macpherson publicou em 1760. Atualmente, contudo, considera-se que tudo não se passou de uma farsa do poeta setecentista que, como forma de difundir sua obra poética, criou-lhe todo um passado histórico e mítico, garantindo-lhe alcance, notoriedade e permanência que, do contrário, talvez nunca viesse a receber. O fato de ainda hoje discutirmos a veracidade de sua origem atesta o sucesso dessa estratégia. Vale lembrar ainda que, ao longo de todo o período romântico posterior a essa publicação, acreditou-se com afinco na história de Ossian, motivo pelo qual foi muito citado pelos escritores daquele período, inclusive no Brasil, através da pena de Álvares de Azevedo (1831-1852), dentre outros poetas.
[13] Isso talvez sinalize que o copista responsável pela versão legada até os dias de

transcreveu em francês medieval não assina a obra, a versão ou a introdução e se, antes dele, houve outro(a) autor(a) ou autores, também responsáveis por cópias, pela transposição de uma língua a outra ou pela possível redação original, quaisquer referências a essa(s) pessoa(s) hipotética(s) se perderam definitiva e lamentavelmente. Quaisquer considerações para além dessas, com maior ou menor grau de fundamentação, não passam de teorias, hipóteses ou mera especulação sensacionalista, mesmo quando bem defendidas – e divertidas.

Em defesa (ou não) de Pseudo-Outis

A autenticidade do manuscrito se sustentaria, no entanto, de acordo com outras fontes[14], pela particularidade, apontada no comentário do copista presente no manuscrito monástico francês, de ter sido escrito em um dialeto então corrente entre a elite ateniense no início do século II a. C., oriundo de um local muito específico

---

hoje sequer seja responsável pela tradução e pelo comentário. Talvez o texto tenha passado por várias mãos e, no exercício de transposição, detalhes e informações tenham sido perdidos, como comumente acontecia no trabalho mecânico de retranscrição – e (in)consequente *transcriação*, ouso dizer, valendo-se do termo de Haroldo de Campos (1929-2003) – de manuscritos antigos, em contexto monástico. Vale ainda atentar para o fato possível de ter havido em alguns pontos, por motivos diversos, alguma forma de censura e decorrente supressão de trechos ou partes inteiras, ou ainda do desejo questionável de "melhoria", bem como dificuldades de interpretação ou erros de transcrição e/ou de tradução, o que não era de todo raro também, em tais conjunturas. É impossível defender com certeza tais hipóteses, é claro, mesmo sendo necessário aventá-las e considerá-las para melhor compreensão da complexidade do manuscrito, dada a ausência de outros documentos com os quais cotejar o material remanescente.

[14] Dentre os quais se destaca o helenista britânico George W. Cox (1827-1902), que, tendo estudado por anos o manuscrito de Szémioth, considerou-o, num artigo publicado em 1899, na revista *Ancient History*, de "autenticidade inquestionável". Cox, porém, parece para tanto se fiar demais na veracidade do comentário introdutório do manuscrito, numa leitura hoje vista como bastante romântica e pouco científica pela maior parte da crítica especializada.

da região – possivelmente próximo à cidade de Cilene, cuja real localidade, contudo, também permanece em discussão – onde, supõe-se, teria existido no século XIII a. C. a desconhecida cidade de Chryseia, informação muito pouco difundida e que, para tanto, demandaria um conhecimento assaz específico, erudito e – vale acrescentar – de impossível comprovação.

Aliás, seja como for, não há dúvida da erudição do texto pseudo-outiano, ou da introdução geral ao conjunto de crônicas[15]. Todavia, a inexistência de um original em língua grega ou mesmo latina ou de outras cópias de origem diversa para realização de cotejo torna esta última teoria bastante contestável – para não dizer ingênua –, já que o copista pode ter se enganado de algum modo, misturando informação de procedência outra; além de ser igualmente possível o copista ser, ele mesmo, o autor do documento, como já aventado. O fato de não haver traduções medievais, renascentistas ou mesmo modernas em outras línguas reforça esse posicionamento. A ausência de menções ao documento ou aos fatos nele contidos seja por parte de historiadores, seja por outros poetas é ainda mais flagrante.

---

[15] Aliás, o uso do termo "crônica" por si só é tema de acalorados debates. Olívio Martins chama a atenção para isso em um artigo nomeado "As falsas historiografias antigas e medievais e o que podemos aprender com elas", publicado na revista *Cadernos Alexandrinos*, editada pelo próprio Centro de Estudos Clássicos e Humanísticos dirigido por ele. Sabe-se que o conceito de "crônica", enquanto conjunto de narrativas históricas ou de fundo historiográfico que narram os feitos e genealogias dos nobres europeus, surge na Idade Média arcaica, no início da era cristã. Logo, trata-se de um vocábulo inexistente no contexto helenístico, no qual supostamente teriam sido escritas as *Crônicas de Pseudo-Outis*. Sua escolha, obviamente, pode ter sido feita pelo tradutor, adaptando algum vocábulo grego à realidade do século XV, o que acontecia com frequência, posto que os tradutores da época não levavam em conta a nossa ideia contemporânea de anacronismo. Alguns pesquisadores, contudo, dentre eles, Martins e o próprio Gusmão, da Universidade de São Paulo, consideram este apenas *mais um elemento* – dentre tantos outros – que atestariam a hipótese de o manuscrito ter sido composto na Idade Média, possivelmente já em língua francesa.

Tal possibilidade, reitera-se, de modo algum invalida o valor histórico[16] e literário do fragmento, redigido com certeza no século XV, como se disse acima, em um monastério de Avignon. Há ainda a hipótese bastante provável de o copista ter escrito o documento a partir de um material que lhe era contemporâneo, sem o saber, tomado pelo entusiasmo de uma possível e bastante rentável descoberta. Nunca saberemos. Não há qualquer pista relativa a como o documento chegou de Avignon, cidade de onde se verifica o timbre no canto superior esquerdo, o que confirma a procedência da cópia, ao território da República das Duas Nações[17], na época uma grande potência militar estendida entre o Mar Báltico e o Mar Negro, região onde permaneceu até ser

---

[16] É curioso pensar que, embora Pseudo-Outis se apresente – ou seja apresentado – como um cronista e/ou historiador, sua escrita se afasta substancialmente da de outros historiadores helênicos como Heródoto, Plutarco e, sobretudo, Tucídides, em particular no que se refere à descrição e participação dos deuses no enredo, uma vez que em sua narrativa não se identifica o mesmo tipo de distanciamento intrínseco. Ora, mesmo crendo em seus deuses (acerca desse debate recomenda-se os estudos *Os gregos acreditavam em seus mitos?*, de Paul Veyne, São Paulo, UNESP, 2014, e *Mito e Religião na Grécia Antiga*, de Jean-Pierre Vernant, São Paulo, Martins Fontes, 2006), os historiadores antigos os citavam com cautela, com reverência, claro, mas em tom muito diverso ao empregado no manuscrito de Szémioth, no qual a forma de representação divina se aproxima muito mais dos textos homéricos ou hesiódicos ou mesmo das tragédias de Ésquilo, Sófocles e Eurípedes, embora seja inteiramente composto em prosa. Aliás, a proximidade entre o texto pseudo-outiano e as epopeias e cosmogonias arcaicas não se interrompe por aí, também são exemplos disso, a forma como as cenas são encadeadas, o sistema de nomeação por epítetos e patronímicos compostos por linhagem ou filiação, dentre outros elementos analisados em pormenor por Cox em outro artigo publicado na revista *Ancient History*, em 1900, intitulado "Paralelos e sobreposições entre o *Manuscrito de Szémioth* e a epopeia grega" – talvez o melhor de seus estudos. Todos esses elementos tornam a escrita do manuscrito muito única, seja no alegado momento de sua redação, seja em épocas anteriores ou posteriores.

[17] Entidade política surgida em 1569, no território que hoje compreende a maior parte dos países da Europa central e oriental, através da fusão de dois extensos estados: o Reino da Polônia e o Grão-Ducado da Lituânia. O país desapareceu em 1795, após ter sido conquistado e partilhado pela Áustria, Prússia (que ficou com a região do atual Kaliningrado, onde posteriormente viveu o Prof. Wittembach) e Rússia (que dominou o território lituano, incluindo a Samogícia de Szémioth).

redescoberto pelo Prof. Wittembach, alguns séculos depois, em terras então já sob domínio político – mas não cultural – russo. Sabe-se, contudo, que a biblioteca de Szémioth era bastante antiga e que pouca mudança teve em seu acervo depois de 1700, o que torna provável a chegada do documento antes dessa data.

Em meio a tantas peripécias e troca de proprietários, ao longo de 600 anos, marcados por guerras sanguinolentas e intempéries naturais à região, é quase um milagre o manuscrito de Szémioth ter sido preservado quase intacto e ter chegado em segurança até a contemporaneidade, apesar de só ter sido posto sob a proteção de um estado no final do século XIX (que, mesmo assim, aparentemente o perdeu). Aliás, a própria história do documento já suscita em si um profundo interesse entre bibliófilos e pesquisadores em geral. Por isso, sua autenticidade acaba muitas vezes ficando em segundo plano: ao leitor curioso, o que interessa é a própria narrativa do manuscrito que sobreviveu.

Recepção e traduções

No que diz respeito à forma como o manuscrito vem sendo divulgado e traduzido desde sua redescoberta, muito pode ser dito, já que tem sido objeto de muitas edições e traduções contemporâneas. Deve-se a Wittembach o primeiro estudo do manuscrito, publicado no célebre periódico britânico Hellade, em 1871, no qual o professor não apenas o analisa em pormenor, atentando para as particularidades do francês empregado na suposta tradução e para a manutenção da grafia grega nos nomes próprios e topônimos[18],

---

[18] Um dos pontos que mais gerou debate desde a primeira tradução de Wittembach é a insistência do manuscrito de Szémioth em usar caracteres do alfabeto grego na grafia dos nomes de todas as personagens e lugares, sem exceção. Alguns pesquisadores, notadamente Cox, aventaram na época dessa primeira publicação a incapacidade do copista em transliterá-los, proposta que em si mesma faz senti-

o que ajudou a situá-lo historicamente, mas também narrou de forma romanesca suas desventuras no condado samogício (parte setentrional ocidental do atual território da República Lituana), de onde quase não retornou com vida após ter tido problemas com uma suposta criatura parte homem, parte urso, eventos dignos de um estudo à parte, cujo anedotário não carece de interesse[19].

Em 1876, Wittembach também foi responsável pela primeira tradução para a língua alemã do manuscrito de Szémioth, atribuindo-lhe o longuíssimo título: As Duas Faces do Oráculo: crônica de uma cidade grega esquecida pela historiografia oficial, ao qual seguia uma versão mais aprofundada do artigo publicado na revista Hellade.

À edição de Wittembach, seguiram-se muitas outras, dentre as quais vale notar a de J. Moréas, publicada em Paris em 1894, em edição financiada pelo próprio tradutor, na qual o helenista fez a atualização ortográfica e vocabular para o francês

---

do se o copista não foi o tradutor original, mas que ignora o fato óbvio de que se de fato o manuscrito foi traduzido de uma fonte supostamente escrita em grego o tradutor escolheu especificamente não transliterar os antropônimos e topônimos. Por conta disso, já no século XIX houve quem suspeitasse de que nunca houvera o original grego. Do contrário, por que manter esses caracteres? Os seguidores dessa teoria consideram antes que essa escolha se deveu justamente a um estratagema para arcaizar o texto. Ou ainda, uma forma de desviar a atenção. Do quê? Há muita divergência nesse ponto e não é o caso de nos estendermos ainda mais sobre isso nesta já longa introdução, uma vez que em nada podemos nos apoiar além de teorias e especulações. Em minha tradução, obviamente optei por adaptar os nomes ao alfabeto latino e, quando foi o caso, à grafia padronizada em língua portuguesa em prol da clareza, uma vez que me parece claro que manter os caracteres gregos impossibilitaria a leitura ao grande público, o que não é minha intenção.
[19] O professor narra o infeliz encontro com a criatura em uma de suas obras autobiográficas, sugerindo que talvez se tratasse de um urso de hábitos peculiares, como o de andar sobre duas patas, ou de um homem vestido com a pele do animal, a despeito dos rumores locais acerca da existência de um suposto híbrido ursino. O mistério em torno desse episódio se agrava, como dito em outra nota, pelo desaparecimento do Conde de Szémioth na mesma noite, logo após seu casamento e a trágica morte de sua noiva, vítima, acredita-se, de tal curiosa criatura.

moderno, intitulando-a simplesmente de Les Ébalides[20]. Embora bastante cuidadosa do ponto de vista linguístico e filológico e, por isso, de grande utilidade até hoje para os leitores e estudiosos francófonos, a edição de Moréas está eivada de erros em suas notas, ainda que algumas tragam comentários bastante argutos ou mesmo espirituosos, uma vez que se inspirou em grande parte no anedotário de feição neorromântica logo surgido em torno do manuscrito após a publicação da tradução alemã.

No século XX, abundaram edições e por isso não vou elencar todas. Em língua inglesa, sobretudo, foram publicadas mais de trinta traduções, sendo considerada a edição definitiva a tradução coletiva feita por um grupo de pesquisadores da Universidade de Oxford e publicada pela editora da mesma instituição em 1979. Em língua espanhola, destaco a tradução de 1913, que, apesar de não trazer créditos de seu autor, revela-se um trabalho bastante honesto e cuidadoso, mesmo se desprovida de paratextos. Na Alemanha, houve mais três traduções, mas a de Wittembach continua ainda hoje sendo a mais lida e reeditada, sobretudo depois da publicação, em 2001, de uma edição atualizada, com mais estudos e notas de diversos pesquisadores da Universidade Humboldt de Berlim. Uma edição em lituano veio à luz em 2010, assinada pelo professor Algirdas Taujanskas, responsável pelo laboratório de estudos francófonos da Universidade Vytautas Magnus, da cidade de Kaunas, em um simbólico retorno à pátria que por tanto tempo preservou o manuscrito. Essa edição conta com precioso material recolhido pelo professor Taujanskas, notadamente quanto à relação do documento com a Lituânia. Traz ainda curiosidades e ane-

---

[20] Optei por manter esse nome nesta edição, pois foi com ele que a narrativa se popularizou e foi por muito tempo referida entre os pesquisadores da obra pseudo-outiana. Além disso, reproduz a estrutura de diversas outras narrativas clássicas, como A Ilíada, A Eneida ou mesmo o nosso Os Lusíadas.

dotário sobre a biblioteca do Conde de Szémioth bem como sobre o próprio nobre, sua família e a Samogícia. Até onde pude constatar, o manuscrito nunca foi traduzido para outros idiomas antigos ou modernos, além dos listados acima, embora eu tenha recebido com alegria notícias de futuras publicações em italiano, japonês e grego moderno que se somarão à nossa edição em português brasileiro.

Pois, em língua portuguesa, nunca havia sido publicada uma tradução, a despeito dos profícuos estudos de pesquisadores brasileiros e portugueses em torno do manuscrito. Sabendo disso – e aqui tomo a liberdade de um comentário de cunho pessoal – quando tive notícia da existência desse manuscrito, entusiasmei-me a recriá-lo em nossa língua, mesmo não sendo especialista em literatura clássica, tampouco em literatura da França no período medievo, sendo, ao contrário, oitocentista de formação. Descobri-o por puro acaso durante a graduação em Letras (português-francês), na Universidade de São Paulo (USP), quando pesquisava sobre literatura fantástica de língua francesa no século XIX. Assim, deparei-me com os escritos de Prosper Mérimée (1803-1870), autor romântico de grande interesse que tornara o professor Wittembach uma de suas personagens, justamente numa narrativa passada na Lituânia. Intrigado pelas coincidências – afinal, sou parte lituano, pela minha avó paterna, e era então um entusiasmado aluno de francês –, comecei a pesquisar mais e descobri as notícias sobre o Conde Michel de Szémioth, sua biblioteca e o famoso manuscrito de Pseudo-Outis.

Na época, eu cursava algumas disciplinas optativas e eletivas das cadeiras de grego e de latim e comentei sobre o manuscrito com meus professores que, muito solícitos, debateram a impossibilidade de se tratar de uma peça helenística de fato, aconselhando-me a procurar o professor de literatura medieval francesa, que, certamente, teria muito mais a contribuir com esse meu recente interesse. Além disso, diante de minha formação, essa filiação à cadeira *de estudos francófonos até me favoreceria, caso decidisse por estudá-lo. Infelizmente, o professor que recomendaram acabara de se aposentar e nunca respondeu aos meus e-mails. Soube com grande pesar que faleceu alguns meses depois. Diante disso, acabei deixando essa descoberta de lado por alguns anos. E talvez tivesse me esquecido completamente desse documento, não fosse mais uma coincidência tão inesperada quanto bem-vinda.*

Em 2015, durante um estágio de pesquisa doutoral em Lisboa, tive a oportunidade de conhecer o professor Olívio Martins, cuja empolgação reacendeu meu interesse por aquela intrigante história. Por sua vez, diante do meu interesse pelo manuscrito, o professor muito generosamente facilitou-me o acesso à cópia preservada na Biblioteca Nacional de Portugal, na capital do país, sem o qual o presente trabalho não seria possível. Agradeço imensamente ao professor Olívio por essa ajuda inestimável e espero que um dia minha tradução ou alguma outra melhor e atualizada seja também publicada para o público lusitano. Desde então, venho trabalhado na tradução[21] e nos paratextos que agora você, leitor, tem em mãos e que, espero, farão jus aos esforços de meus antecessores e ao valioso texto redigido em Avignon, independentemente de quem foi seu verdadeiro autor.

O Tradutor.

---

[21] Procurei nesta tradução manter-me o mais próximo do original possível, fazendo adaptações apenas em casos de extrema necessidade. Para tanto, guiei-me pelo princípio de Henri Meschonnic (1932-2009), respeitável pesquisador dos Estudos Tradutológicos, segundo o qual se deve traduzir "o marcado pelo marcado" e o "não marcado pelo não marcado". Isto é, quando uma palavra é banal no original, sua tradução deve manter seu caráter compreensível e ordinário; paralelamente, a presença de uma palavra esdrúxula no texto fonte, cuja presença chama a atenção, deve resultar na escolha de uma palavra igualmente chamativa no texto traduzido, garantindo-se assim o mesmo efeito, não apenas no que diz respeito ao sentido, mas, igualmente, na forma como impacta o leitor. Quaisquer outras considerações específicas sobre a tradução, coloquei em nota, quando foi o caso.

[OS EBÁLIDAS]
[título original ilegível][22]

Chryseia[23] não era uma extensa cidade, tampouco se tornara famosa por sua glória em batalha, vinho fino ou bom azeite. Situada a oeste do Peloponeso, banhada pelo mar Jônico, fora um dia conhecida por sua riqueza e pelo poder dela advindo[24]. Todavia, tal como aconteceu com Midas, o rei de imensa cobiça, o ouro não lhe trouxera felicidade e sua prosperidade não durou para sempre; os anos passaram e suas riquezas esvaíram-se por poros desconhecidos.

Naqueles tempos de decadência, Ácratos, o sempre esquecido, governava. Mostrava-se um homem já fraco, vergado pelo peso da idade e do desgosto. Herdara o reino de seu pai, que, por sua vez, recebera-o do seu próprio genitor, o bravo Plutômaco, aquele de grande ambição. Este fora o hábil funda-

---

[22] Infelizmente, não nos foi possível decifrar o título original desta crônica, pois, segundo Wittembach, uma mancha, aparentemente de vinho, reagiu à tinta de origem animal empregada no pergaminho. Como só dispomos atualmente de cópias – e, é claro, cópias dessas cópias –, as chances de decifração são ainda menores. Mesmo as técnicas mais avançadas de leitura computadorizada não conseguiram decifrá-lo. Imagina-se, contudo, que a crônica outrora fora nomeada, dada a presença de títulos em demais textos atribuídos ao obscuro historiador Pseudo-Outis, de acordo com o manuscrito de Avignon encontrado na biblioteca do Conde Szémioth, bem como a forma da macha visível logo acima do corpo do texto cujo formato parece indicar a existência de duas palavras, sendo a primeira possivelmente uma preposição ou artigo, posto que seja bem menor em extensão do que a outra. Por convenção, como dito antes, optei por manter o nome *Os Ebálidas* sugerido primeiramente por Moréas e reutilizado na maior parte das traduções posteriores. Trata-se de uma escolha comercial, mesmo se fundamentada, sem real respaldo filológico.

[23] Como dito na introdução, optei por transliterar todos os nomes para o alfabeto latino. Quando possível, utilizei a grafia já padronizada em língua portuguesa. Nos casos em que não havia padrão dicionarizado, como no caso de "Chryseia", conservei a grafia grega, mas adaptada para o nosso alfabeto.

[24] Recomenda-se a leitura do mapa ao final deste volume. Ver figura 11.

dor de Chryseia e o mais nobre filho de Hipocoonte[25], o usurpador da Lacônia, por seu turno, filho bastardo do magnífico Ébalo, grande Rei de Esparta, responsável pela glória e ruína de todos aqueles cujo sangue dele herdaram. Com a morte de [Ébalo][26], Hipocoonte tomara o trono à força e exilara seus irmãos, Icário, o garbo, e Tíndaro, o ponderado, legítimo herdeiro da mais nobre linhagem[27], que depois viria a ser o pai da cobiçada Helena Císnide da tez rosada e dos dourados cachos. Por muitos anos, o usurpador gozou de poder e riquezas cujos direitos não detinha, mas, ao fim e ao cabo, contam-nos os poetas, acabou por ser assassinado em um banho de sangue, junto de seus dezenove filhos, pelas fortes mãos de

---

[25] Curiosamente, à exceção de Plutômaco, seus filhos e demais cidadãos da esquecida cidade de Chryseia, todos os demais nomes citados no manuscrito pertencem aos textos canônicos da tradição grega, à qual, por seu caráter apócrifo, as crônicas de Pseudo-Outis não pertencem. Segundo consta em outras fontes, todos os vinte filhos de Hipocoonte – dos quais apenas doze nomes são conhecidos (cf. o compêndio conhecido como *Biblioteca*, atribuída a Pseudo-Apolodoro) – pereceram junto ao pai ante o ataque de Héracles. Diante desse fato, colocam-se algumas hipóteses para isso: os nomes de Plutômaco e seus descendentes são uma invenção do autor, atribuídos a partir de suas características físicas e/ou personalidades; tais nomes eram originalmente epítetos, usados aqui no lugar dos verdadeiros antropônimos; além de, é claro, haver a hipótese mencionada na introdução de a própria obra de Pseudo-Outis não se passar de um texto ficcional originalmente redigido no fim da Baixa Idade Média, que, por isso, se valeria da jocosidade dos nomes para criar trocadilhos e sugerir caracteres – algo já feito, inclusive, no próprio nome ao qual se atribui a autoria do manuscrito. Rarríssimas são as remissões a esses nomes em outros textos ou artefatos. Falaremos sobre isso nas notas finais quando abordarmos as parcas menções às personagens do manuscrito para além das *Crônicas de Pseudo-Outis*.

[26] Essa palavra está deteriorada no manuscrito de Szémioth, mas pelo contexto há poucas chances de não se tratar do nome do então rei de Esparta, pai de Hipocoonte, Icário e Tíndaro, conforme já apontado por Wittembach no artigo da *Hellade*.

[27] Esse comentário muito provavelmente remete ao fato de Tíndaro e Hipocoonte serem irmãos apenas por parte de pai. Segundo algumas fontes, o primeiro era filho de Gorgófona, por sua vez, filha de Andrômeda e de Perseu, filho de Zeus e fundador de Micenas. Já o usurpador, mesmo se por muitos tenha sido considerado irmão legítimo de Tíndaro, era bastardo de Ébalo com a ninfa Bátia, o que explica o fato de não ter herdado o trono do pai, apesar de ser seu primogênito.

Héracles, aquele de incontáveis proezas filho dos justos Anfitrião e Alcmena, que guiara seus bravos guerreiros, como ato de vingança pela morte de seu infeliz primo Oeonus, o desditoso. Este fora assassinado pelo capricho de um dos Hipocoôntidas, pouco antes, despertando a fúria desmedida do herói perseida. A guerra entre as duas casas se estendeu por várias refregas. Ao fim, o imbatível Héracles saiu vitorioso, mas não sem suas próprias perdas. O belo Íficles, seu dileto irmão e companheiro de armas, pereceu em combate, deixando uma ferida aberta no coração do bravo herdeiro de Anfitrião. Vencida a disputa, o filho natural de Zeus restituiu ao trono seu parente injustiçado[28].

Plutômaco, dos deuses dileto, o vigésimo Hipocoôntida, foi o único a escapar. Por ser naturalmente dotado de grande inteligência e senso de justiça, o príncipe não havia compactuado e tampouco tomado parte na trágica morte do desafortunado Oeonus, ou assim cantam os orgulhosos aedos de Chryseia. Sabendo disso, Athena, a deusa dos olhos glaucos, dele se compadeceu e o protegeu com um artifício engenhoso, tornando-o outro na aparência e nos modos aos olhos de quaisquer guerreiros inimigos, de forma que ele pôde fugir com seus aliados sem ser notado, levando grande parte da riqueza do Estado consigo[29]. Quando

---

[28] Pseudo-Outis remete aqui à relação de parentesco entre os dois reis, pois, segundo as genealogias mais estabelecidas dos antigos monarcas míticos do mundo helênico, Tíndaro e Héracles eram primos de segundo grau por ambos os lados: Anfitrião e Alcmena, pais de Héracles, eram primos de primeiro grau, respectivamente, filhos de Alceu e de Electrião, por sua vez, filhos de Perseu e Andrômeda, e irmãos de Gorgófona, a mãe de Tíndaro (ver as Árvores Genealógicas ao fim deste volume).

[29] Esse trecho traz a primeira das muitas aparições de deuses desta crônica, o que, como dito na introdução, parece estranho para um texto pretensamente historiográfico, demarcando a influência quase óbvia da poesia épica, didática e dramática dos séculos anteriores, gêneros nos quais a presença de deuses enquanto personagens é bastante comum. A transformação de Plutômaco parece, aliás, evocar o mito da concepção de Hércules, quando Zeus assume a forma de Anfitrião para seduzir Alcmena e Hermes se transforma em Sósia, o criado do casal. Um único fragmento

Héracles, em fúria, soube de seu paradeiro, era tarde demais para alcançá-lo. Um novo ataque chegou a ser aventado, mas muito tinha sido perdido e o desejo por sangue arrefecera. Contendo a fúria vingativa e em luto pelos amigos caídos, o mais célebre herói deu-se por satisfeito em sua ação de justiça e partiu para o norte, onde se estabeleceu, fundando nova e distinta dinastia, em honra de Perseu, seu ancestral e irmão[30]. Por algum tempo, Héracles e seu povo intrépido deixaram os fugitivos em paz.

O jovem Plutômaco pretendia seguir para as colônias da Magna Grécia, talvez para a distante e próspera Siracusa, onde, dizia-se, toda sorte de exilado recomeçava sua vida sem o peso do passado ou as ameaças do presente, como se toda mácula fosse lavada ao cruzar as águas do Mar Jônico. Quando atingiram, porém, as margens violáceas daquele extenso mar, avistaram uma majestosa águia dourada com um esguio peixe moribundo debatendo-se preso às garras. O pássaro voou gracioso e pousou sobre uma pedra azulada à luz solar apolínea. Ato contínuo, Télos, o adivinho de Esparta, companheiro do príncipe fugido, logo percebeu o quão promissor era aquele presságio: as águias pertenciam a Z[eus, o mestre das][31] nuvens, sua aparição mostrava ser a vontade do nume o estabelecimento do povo de Plutômaco naquele local.

---

de vaso preservado em Lisboa parece recriar diretamente essa passagem, como podemos ver na Figura 1. Contudo, sua origem é contestada e pode se tratar de uma falsificação medieval ou renascentista.

[30] Perseu era meio-irmão de Héracles, por parte de Zeus, pai de ambos, mas o herói mais jovem também dele descendia, como dito em nota anterior, posto que filho de Alcmena, neta de Perseu, o que faz de Héracles seu bisneto e, portanto, membro da nobre Casa dos Perseidas.

[31] Mais um caso de trecho indecifrável no manuscrito, deduzido pelo contexto por Kurt Wittembach, valendo-se do "Z" isolado e do termo "nuvens" na sequência para identificar o nome do Crônida (isto é, filho de Cronos), seguido por um de seus epítetos homéricos mais difundidos.

Figura 1: Athena oferecendo um novo rosto a Plutômaco. Reprodução de pintura de um fragmento de cerâmica. Ática, século III a. C. de origem e datação contestadas. Terracota. Museu Calouste Gulbenkien, Lisboa.

Em saudação ao senhor dos deuses ali presente na figura de sua grande ave-atributo, Télos tocou sua siringe, como se a pedir também a benção de Febo Apolo, o deus músico, o condutor dos fundadores[32], cujos raios de sol incidiam no mar calmo, em uma benção emudecida. Altivo, o pássaro de asas douradas levantou voo sem ter se assustado e o adivinho inclinou-se para ver os restos do peixe deixados para trás. Em meio às entranhas remexidas e ensanguentadas, estava o coração ainda intacto e uma pepita dourada brilhante, ignorada pelo perspicaz bico afiado[33]. Ouro. Um presságio de grande valia.

Télos logo o leu em alta e boa voz: o peixe em si anunciava fartura ao povo exilado; o coração, a força na superação de seus infortúnios, caso permanecessem unidos; o metal indicava a óbvia prosperidade vindoura caso se fixassem naquela faixa de terra. Plotâmaco não hesitou um instante sequer: fundou ali sua nova pátria, às margens daquela praia ensolarada. Nunca botou os pés na promissora Siracusa.

Segundo os costumes, a primeira ordem do fundador foi para erigirem um belo templo a Zeus olímpico, sobre o qual encimaria uma imagem de puro ouro da águia-anuncia-

---

[32] Era costume desde os tempos primórdios rogar ao deus Apolo Arquegeta, chamado "o condutor dos fundadores" ou simplesmente "o guia", quaisquer conselhos a respeito da colonização e fundação de novas cidades. Segundo a tradição, na verdade, antes de uma nova empreitada colonizatória, um rei deveria se consultar com Apolo por meio do Oráculo de Delfos e então saber se deveria ou não fundar uma nova pátria (Cf. Marion Giebel, *O Oráculo de Delfos*, São Paulo, Editora Odysseus, 2013, sobretudo capítulo 1). No caso de Plutômaco, não houve tempo para consulta, mas a benção dos deuses foi dada pela forma de presságio, em uma manifestação física da vontade do nume. Algo visto como incontestável, de acordo com a crença do período.

[33] Uma moeda encontrada no Peloponeso durante escavações efetuadas por britânicos na primeira metade do século XIX revela justamente a imagem de uma águia com um peixe em suas garras (Figura 2); contudo, a imagem não é de todo rara para podermos sugerir quaisquer relações com a narrativa de Pseudo-Outis. Atualmente, muitos especialistas em numismática garantem que se trata de uma falsificação.

dora do potente Crônida. Construíram também um templo ao belo Febo dos intrincados vaticínios, em reconhecimento ao sol que banhava aquela terra fértil, responsável por guiá--los pelo bom caminho. Por fim, Athena dos olhos glaucos, tecedora de ardis e protetora dos safos, foi contemplada com o mais belo dos templos, em agradecimento pela ajuda na fuga de Esparta. Uma vez inauguradas as três merecidas homenagens divinas, vertido o rubro vinho das libações e calcinadas as carnes das hecatombes, Plutômaco chamou a si e a sua família de Ebálidas[34], herdeiros de Ébalo, pai de seu próprio pai, a quem procurou apagar de seu passado e do futuro de seus herdeiros vindouros; com isso esperava apaziguar o rancor da Casa de Héracles e demais famílias Perseidas, cujo poderio e desejo de vingança ainda o aterrorizavam. Para evitar um grande mal, o nome de Hipocoonte, o usurpador fraterno, sentenciou Télos em outro de seus sábios conselhos, deveria morrer com seus demais filhos.

Em seguida, ergueram casas e palácios e o rei nomeou sua nova pátria Chryseia[35] das férteis terras, e, de fato, por muitos

---

[34] Em grego, acrescenta-se o sufixo "-ida" para designar "filho de"; assim a casa dos "Ebálidas" é a dinastia do filho de Ébalo, assim como a casa dos Átridas e dos Heráclidas, eram as famílias de Atreu e de Héracles, respectivamente. Trata-se, pois, do sufixo correspondente ao "-son" em língua inglesa (por exemplo, "Johnson", isto é, "Filho de John"), ou do sufixo "-es" em língua portuguesa ("Rodrigues", isto é, "Filho de Rodrigo").
[35] O nome Chryseia deriva do vocábulo "Chrysós", isto é, "ouro", em grego clássico. Chryseia significa, portanto, "feita de ouro", em alusão à quantidade abundante do metal na cidade, conforme mencionado no próprio manuscrito. A esse respeito, vale lembrar, Wittembach redigiu longo estudo sobre a escolha semanticamente precisa dos nomes na obra de Pseudo-Outis, intitulado "Dos nomes e das respostas: as sutilezas das escolhas de Pseudo-Outis" (1880), o que, segundo Gusmão (1957), Olívio Martins (2008) e Algirdas Taujanskas (2010), é mais um argumento que comprova sua redação tardia e literária, enquanto Cox (1899), em sua defesa apaixonada e romantizada, como já apontado, havia considerado os detalhes toponímicos e antroponímicos um ponto-chave para defender a autenticidade do documento. Essa divergência aponta o longo debate sobre a interpreta-

Figura 2: Moeda com a efígie de uma águia segurando um peixe de um lado e uma lira do outro, provável falsificação. O artefato não possui alta porcentagem de ouro em sua composição, provavelmente como tentativa do falsificador de indicar sua origem em um reino sem grandes quantidades do metal. Peloponeso, século III a. C. (origem e época contestadas). Museu Britânico, Londres.

anos ao longo de todo o seu próspero reinado, aquela foi a mais rica das cidades gregas sob a proteção de seus três deuses patronos, cujos templos abundavam de oferendas. [Infelizmente,][36] a sorte parou de sorrir para os Ebálidas e seu povo

---

ção da obra literária descrito no recente livro *A inexistência da verdade no texto literário*, de L. C. Carrol (2019, p. 205), embasando o argumento de que, em determinados contextos e com específica argumentação, surgem múltiplas possibilidades de leitura defensável, mesmo se contraditórias e nem por isso errôneas. Em outras palavras, para Carrol, a ideia de verdade na interpretação artística, de modo geral, é algo muito fluido, sendo, muitas vezes, mais importante a forma de argumentação e embasamento pelo texto e seu contexto do que qualquer possível intenção do autor, à qual o leitor nunca poderá ter acesso via o texto em si, sem apoio de elementos extratextuais, como testemunhos, cartas e/ou entrevistas, o que nem sempre garante a unilateralidade de interpretações.

[36] Embora possa fazer sentido pelo contexto, dificilmente essa palavra seria a correta para iniciar esse parágrafo. O acréscimo desse advérbio é claramente posterior à redação do manuscrito, apresentando caligrafia divergente ao estilo cuidadoso do copista de Avig-

depois de algumas décadas de fartura. Após o tempo de Plutômaco, a *pólis* entrou em agravada crise. O ouro, tal como a fé de seu povo nas divindades protetoras, afinal não era tanto quanto parecera a princípio e as pepitas encontradas nos bons tempos da fundação – bem como as homenagens devidas e prometidas –, não tardaram a ser gastas em fausto e pompa de usufruto próprio, até cessarem de forma abrupta. Sem o metal precioso, não houve mais hecatombes em honras aos deuses. Sem libações, os deuses confiscaram seus presentes generosos. Sem Plutômaco, não havia quem os louvasse. Sem louvores, depois de tantos favores, o amor de outrora tornou-se fúria cega e amargo ressentimento.

Apolo calcinou os campos com sua carruagem solar, descendo perto do solo como nunca antes, tal como o fizera Faetonte naquele trágico dia[37]; Zeus ignorou os apelos dos homens sempre a fazerem pedidos, mas nunca o homenageando, e os legou à própria sorte, e Athena, por sua vez, simplesmente voltou-se para a Ática, onde generosas benesses nunca lhe faltavam. Com os anos, o povo não mais sabia o que cessara primeiro, a graça divina ou o amor dos cidadãos a seus deuses. Quando o filho de Plutômaco assumiu o trono do pai[38], iniciou-se um período de franca deca-

---

non. Além disso, tal tipo de comentário intrusivo não é característico do narrador de As Crônicas de Pseudo-Outis, como é possível atestar pela leitura dos demais fragmentos presentes no Manuscrito de Szémioth, o que nos leva a suspeitar da presença de outros acréscimos não assinalados ao longo desta crônica sobre os Ebálidas.

[37] Segundo a mitologia grega, Faetonte foi um dos filhos de Apolo com uma mortal. Um dia, o jovem pediu a Apolo que o deixasse conduzir a carruagem do sol e, como amava muito a seu filho, o deus permitiu, mas apenas por um dia. Antes, porém, aconselhou-o, não chegue perto demais do chão, para não queimar os campos. Contudo, Faetonte era impetuoso e insubmisso e tanto brincou de queimar a terra que Zeus terminou por fulminar o próprio neto mortal com um de seus raios, causando grande tristeza ao deus solar.

[38] Não há qualquer registro sobre o nome do filho de Plutômaco e pai de Ácratos, apagado da história, como o texto sugere, pela inaptidão de seu governo. Pseudo-Outis não volta a mencioná-lo em nenhum outro fragmento. A esse respeito, à guisa de curiosidade, vale

dência. Seu governo se marcou por saques de cidades vizinhas, por rebeliões de pessoas escravizadas, pela insatisfação decrescente de seu crescente povo que, acostumado com a fartura de outrora, perecia sob a pobreza. A tristeza consequente fez o monarca definhar como o caule deixado na água salobra.

Télos, o fiel adivinho espartano, companheiro e dileto amigo mais velho do fundador da cidade, viveu muito, muito tempo, como condizia aos bons adivinhos[39], sob a graça e proteção dos deuses aos quais nunca deixou de louvar com respeito devotado, mesmo se sozinho ao lado dos respectivos sacerdotes já desesperados pelo descaso do povo. Quando morreu, Ácratos, o neto de Plutômaco, acabara de assumir o governo, tão inapto e incompetente quanto seu pai esquecido, embora mais bondoso, crédulo

---

contar que encontrei uma resenha anônima muito agressiva – e vergonhosamente xenófoba – a respeito da tradução de Wittembach, publicada em um folheto no fim do século XIX, que dizia, satirizando o significado do nome do presumido autor do manuscrito de Szémioth: "Não consigo acreditar que um erudito como o Sr. Kurt Wittembach deixou-se engambelar por uma lorota dessas. A farsa é tão clara que me dá nos nervos. Veja só esses nomes: *Polímetis*, *Plutômaco*, *Ámetis*. Tudo óbvio. Debochado. Insultante. Só pode ser uma grande brincadeira. Tem horas, inclusive, que o francês espertalhão deve ter ficado com preguiça. Por isso, não inventou um nome para o pai de Ácratos, por exemplo. Patético. E tem gente que ainda acha que o tal do *Falso-Ninguém* possa ter existido. Estão mais cegos do que Polifemo. Odisseu ficaria envergonhado. Para falar a verdade, não ponho a mão no fogo nem pela existência do tal 'copista' francês. Quem me garante que o tal manuscrito encontrado naquelas terras bárbaras do leste não é só mais uma patifaria daqueles russos? O Sr. Kut Wittembach acaba de jogar sua carreira ralo abaixo". Wittembach disse certa vez em uma entrevista que o autor dessa publicação agressiva só poderia ser um antigo colega e rival de seus tempos de bacharelado, corroído pela inveja. Como forma de responder à altura, o professor se negou a dizer o nome de seu inimigo: "O tempo dirá qual de nós sobreviverá e quem se tornará alvo de deboche. Não digo o seu nome para que não seja lembrado. Assim como aconteceu com o filho de Plutômaco, sentencio-o ao esquecimento. Vamos ver quem jogou a carreira ralo abaixo". E aparentemente sua profecia se cumpriu, pois nunca se descobriu a identidade do autor da resenha presunçosa e pesquisadores de todo o mundo continuam a se debruçar sobre o espólio do sábio prussiano.
[39] Comentário espirituoso de Pseudo-Outis, possivelmente em alusão à vida anormalmente longa de Tirésias, o mais sábio dos adivinhos gregos, conforme defendido nas mais diversas fontes e estudos relativos à mitologia helênica.

e generoso. A última previsão do sábio, proferida em seu leito de morte, vaticinava que a glória de outrora só voltaria para a casa dos Ebálidas quando o herdeiro inconteste de um verdadeiro deus assumisse o trono e a fé nos três protetores fosse restaurada à mesma devoção do sacro dia da fundação de Chryseia. Em seguida, expirou. Muitas honras lhe foram feitas e toda a cidade se recobriu de luto. Por um momento, por um breve momento, a intensa melancolia da perda suplantou a insatisfação do reino e todos sofreram consternados a dor compartilhada.

Passada a comoção, Ácratos se casou, tal como se lhe era esperado, com uma formosa ninfa chamada Pineide, a filha de Pineios[40], um poderoso deus-rio do Noroeste peloponense, na expectativa de que a profecia se realizasse em consequência ao sangue do rio e, assim, a prosperidade perdida pudesse povoar seu reino outra vez; sua bela esposa, porém, não cumpriu com seus duros deveres matrimoniais como o desejado. Os anos se passaram e ela não lhe deu um herdeiro masculino para garantir-lhe a sucessão. Depois do nascimento da terceira filha, Acrateia [uma criaturinha frágil e rósea,][41] e a consulta ponderada ao Oráculo do deus de Delfos[42], onde a pítia sugeriu a impossibili-

---

[40] Não confundir com o deus-rio de mesmo nome, cujas águas se localizam na Tessália, região ao norte da Península Ática, onde se encontra a cidade de Atenas (ver Mapa ao final deste volume). Pineios tessalônico era filho dos titãs Oceano e Tétis e pai da célebre ninfa Dafne, cujos encantos seduziram Apolo.

[41] Esse comentário aparece espremido um pouco acima do restante do texto, como se o copista (ou algum interventor posterior) tivesse se decidido por acrescentar aquele comentário singelo – mas tão pouco característico à prosa clássica – ao texto pseudo-outiano. Respeitando a edição de Wittembach, optamos por deixar o acréscimo devidamente assinalado entre colchetes.

[42] Como de praxe, um dos motivos de maior consulta ao Oráculo era a preocupação com herdeiros. Marion Giebel, em seu estudo *O Oráculo de Delfos* (Ed. Odysseus, 2013, p. 78), diz a esse respeito: "Frequentemente viajava-se a Delfos por inexistência de prole. A falta de filhos era um problema grave, não importando se a herança a ser legada era um trono ou uma quinta".

dade de sua esposa dar-lhe um filho varão, Ácratos, enfurecido, exilou a esposa em uma pequenina ilha, às margens da península, na foz do próprio deus-rio, seu pai. Dizem que ali a rainha chorou de tristeza e, principalmente, de saudade de suas três filhas. Enfurecido e comovido, seu poderoso pai amaldiçoou o genro ingrato, vaticinando uma morte em desgraça e desonra, sem nunca ver a prosperidade desejada; em seguida, permitiu à Pineide retornar à sua essência. Assim, a ninfa continuou a chorar e a chorar em profusão e verteu tantas lágrimas até se desfazer por completo em líquido transparente, dando origem a uma fonte de cristalinas águas, cujo nome da jovem perpetuou.

A filha mais velha da rainha-fonte, Cálita Acrátide, era, então, já moça, dotada de beleza arrebatadora, tão linda que logo se tornou cobiçada entre os mais ricos helenos e também entre aqueles de nobre estirpe. Apesar disso, jamais se casou, pois na noite mais quente daquele ano, o mesmo em que sua mãe se tornara fonte, retornando ao abraço paterno, um homem alto e forte, de cabelos brilhantes e armadura de ouro luzidio aparecera [surpreendentemente][43] para visitá-la, sem convite ou anúncio, em seus aposentos privados, adentrando a alcova virginal.

Cálita jamais entendeu como aquele guerreiro passara por todo a herdade sem ser denunciado ou sequer visto. Pensou em gritar, ideia logo abandonada. Ali estava ele de qualquer modo e ela já não mais sabia se desejava sua retirada. A jovem o admirou longamente. Sua beleza a arrebatou. Seu porte a seduziu. Sua potência a impressionou[44]. Em instantes, a

---

[43] Outro possível acréscimo tardio cuja grafia parece levemente diferente do padrão do manuscrito.
[44] Nesse ponto é evidente a fina ironia do texto pseudo-outiano. Um afresco destruído durante a Segunda Guerra Mundial trazia o encontro de Ares com uma mortal e foi por muitos considerado uma representação dessa passagem de *Os Ebálidas* (ver

armadura jazia na pedra polida da construção monárquica ao lado de faixas e túnica. Cálita apenas [...]⁴⁵.

Tal como entrara, o alto guerreiro dourado desapareceu, deixando apenas como marca de sua visita uma princesa ofegante e trêmula, de encanto e de apreensão por seu futuro, como se já sentisse algo germinar em seu ventre. Se soubesse que aquele não era um homem qualquer e, sim, Ares, o hediondo e odiado deus da guerra, talvez Cálita tivesse conseguido prever as desventuras subsequentes àquele furtivo encontro carnal. Nada sabia, no entanto, e, pelo menos naqueles instantes, ainda fruía com vagar as lembranças recentes do ocorrido.

Poucos meses depois, a princesa já dava mostras de avançada gravidez. A desgraça caíra sobre si e sua linhagem. O prazer de outrora tornou-se tormento, ou mesmo maldição, e seu pai, raivoso por ter perdido a oportunidade de casá-la com um bom partido, mandou que a trancassem em uma torre até a criança ser parida e descartada como convinha à bastardia.

Figuras 3 e 4); lamentavelmente, nunca foi plenamente estudado e o momento de sua execução não pôde ser precisamente datado, de modo que qualquer associação com o manuscrito baseada nas fotografias que nos restaram fundamenta-se apenas na proximidade temática, não de todo incomum.

⁴⁵ Neste trecho, o próprio manuscrito de Szémioth traz a marca da supressão, não se sabe se por dificuldade de entendimento do original ou se por censura propositada. Talvez a descrição do enlace amoroso que ali se seguia fosse por demais imprópria para o pudico contexto monástico quatrocentista, de modo que o precavido copista simplesmente assinalou o corte e seguiu a narrativa a partir do final daquele encontro. Talvez ele tenha se dado ao trabalho de traduzir o trecho, mas algum superior hierárquico se encarregou da censura, ou ainda, talvez o corte tenha sido feito *a posteriori*, em algum momento entre sua confecção e sua redescoberta na biblioteca do conde. Nunca saberemos ao certo. Sabe-se, porém, que, ao todo, oito linhas foram suprimidas. Uma infinidade de informação poderia estar contida em oito linhas e não foram poucos os comentadores que se surpreenderam com tal extensão em uma cena tão imprópria para o pretensamente casto século XV. De qualquer maneira, para todos os efeitos, segundo os critérios filológicos e ecdóticos tradicionais e recomendados para situações como esta e outras ao longo da tradução, a supressão de trechos indecifráveis foi apontada por meio de reticências entre colchetes: "[...]".

Figura 3: Fotografia de afresco de uma casa de banho (ou possível lupanar) mostrando Cálita Acrátide em seu leito com Ares se aproximando, não se sabe se o desgaste em certas partes da imagem foi provocado pelo tempo ou se é um exemplo de vandalismo puritano. Parede original destruída em 1941 durante a Operação Marita, quando as forças do Eixo invadiram a Grécia. Século I. d. C., Peloponeso, próximo à cidade de Pírgos. Fotografia preservada no acervo do Museu Arqueológico Nacional de Nápoles, Itália.

Antes mesmo do nascimento, o rei tomou uma segunda esposa, na esperança de, enfim, ter seu tão sonhado herdeiro para fazer se cumprir a profecia de Télos, de vista aguçada. Métide, a nova bela rainha, não era uma deusa, embora sua beleza praticamente se igualasse à de Afrodite, a nume dos lábios rubros, e sua astúcia não a deixasse muito atrás do intelecto de Athena, dos olhos glaucos; era nobre e de grande estirpe, trazendo muita honra aos chrysienses. Métide pertencia à casa real de Atenas, a poderosa cidade-estado, cuja aliança bem serviria caso a antiga desavença com os espartanos viesse à tona outra vez. Filha do bondoso Rei Oxintes, era, portanto, bisneta da formosa Fedra, filha de Minos, Rei de Creta, e do célebre e heroico Teseu, a ruína do Minotauro, filho de Possêidon, o abalador de terras. Tratava-se de uma linhagem nobre e de divina ascendência, pois sim, mas marcada pela tragédia, informação que Ácratos não reteve.

A nova rainha não demorou a mostrar uma personalidade forte, certamente herdada de sua malfadada ancestral; felizmente Métide não tinha nenhum enteado; por isso, o rei, ao menos a princípio, não teve muito com o que se preocupar[46]. Os perigos da rainha para seu esposo não se encontravam em suas paixões, mas em suas ambições. Não era submissa como sua antecessora e em poucos anos tratou de arranjar casamento com um nobre de baixa estirpe, vassalo de seu pai, para a tímida Pineia, a segunda filha de Ácratos; em seguida, mandou Acrateia, a pequena caçula, ao templo de Héstia par[a no futur]o assu[mir o manto de

---

[46] Novamente, Pseudo-Outis mostra seu bom humor, em referência ao fato de Fedra ter se apaixonado por Hipólito, seu enteado, filho de Teseu, rei de Atenas, e de Hipólita, rainha das Amazonas.

sa]cer[dotisa do lar e da fam]ília[47], toda beleza e recato. Assim, em pouco tempo, Métide tornara-se a única grande senhora daquela cidade.

Não se deu ao trabalho de expulsar Cálita, pois esta já caíra em desgraça por seu próprio despudor; de todo modo, manteve-a na torre, isolada de tudo e todos, ao menos até o fim de sua gravidez despudorada. Sozinha, a primogênita de Ácratos, o desafortunado, sofria e rogava para, onde quer que estivesse, o pai de seu filho interceder por eles.

Ámetis[48], que viria a ser conhecido por sua bravura e força, veio ao mundo em uma noite de volumosa chuva. Era uma criança grande e pesada, já nascida em meio ao luxo da realeza; logo passou a demonstrar sua índole irritadiça e seus desejos caprichosos. Não obstante tais traços insolentes, Ácratos tinha um herdeiro, afinal. E tratava-se de uma criança

---

[47] Esse trecho estava bastante fragmentado, maculado por acidentes de ordem diversa que impossibilitaram a leitura completa. Ainda assim, graças à presença de algumas letras, o professor José Gusmão em louvável exercício filológico conseguiu deduzir aquela que nos parece ser de fato a parte suprimida. Nas edições de Wittembach, Cox e J. Moréas, essa parte vinha assinalada como incompreensível, sem qualquer proposta de decifração.

[48] Como dito antes em outros momentos, não se sabe ao certo se os nomes mencionados para todos os efeitos unicamente por Pseudo-Outis, como Ácratos, Pineide, Pineia, Acrateia, Ámetis, Cálita, Métide e Polímetis possuem de fato qualquer ancoragem real em figuras histórias e/ou míticas canônicas. Devido a seus significados sugestivos e maliciosos que, quase sempre, indicam a personalidade da pessoa a que se referem, alguns especialistas, dentre os quais George Cox, especulam que o cronista trocou os verdadeiros nomes por algum pudor, ou por medo de repressão política, e que Chryseia, na verdade, teria sido uma grande e célebre *polis* grega, possivelmente Cilene, conhecida, segundo algumas versões do mito, como o local de nascimento do deus Hermes. Ou seja, para Cox a preocupação em ocultar a identidade das figuras envolvidas pesa como argumento a favor da autenticidade dos documentos pseudo-outianos. Outros historiadores, porém, não descartam também certa pretensão literária latente no manuscrito, como também se nota em Heródoto e Plutarco, posição defendida, como dito alhures, por José Rodrigues Gusmão e diversos outros investigadores de renome internacional, como Algirdas Taujanskas.

Figura 4: Fotografia do afresco em detalhe, acervo do Museu Arqueológico Nacional de Nápoles, Itália.

de fato divina, com sangue olímpico, embora mãe e avô não o soubessem ainda, por pura ironia daquelas que tecem quase às cegas o fio de cada vida[49].

Sob os protestos de uma rainha tão enfurecida quanto bela, o rei perdoou a filha primeva e a reconduziu à casa real, reatando laços que, se por um lado não se mantiveram pelo parentesco, agora valiam pela conveniência. Tratou o único neto, em cujo sangue também circulava a herança divina do deus-rio, seu outro avô, como o único futuro herdeiro e a sal-

---

[49] Referência ao fato de as três Moiras que ditam os destinos dos mortais compartilharem um único olho.

vação de Chryseia, dos cofres esvaziados. Mal sabia o rei que o sangue de Ácratos era muito mais divino do que se suspeitava. Cálita, da fronte altiva, por sua vez, perdoou o pai pelo destino de sua mãe, do qual gostaria de escapar, e recebeu de bom grado os cuidados e mimos que passaram a lhe ser dedicados. Como havia muito não acontecia, a cidade estava em festa, guiada pelo sentimento de esperança. Contudo, a despeito das preces, hecatombes e libações recomeçadas, as Moiras ardilosas não se deixaram seduzir ou intimidar. Um sábio disse certa vez, inexorável é o destino de todos os mortais. O fado é tudo.

Dois extensos anos se passaram e a rainha Métide, de afiada mente, também não conseguia engravidar. O rei passara a olhá-la com o mesmo desdém dispensado à sua esposa descartada e já cogitava procurar por uma terceira noiva, mais jovem, mais afável, mais fértil e, esperava, menos imperiosa. Todavia, talvez por receio da ira da poderosa Atenas de onde sua rainha era nativa, conteve o desgosto e deixou-se amargar, contentado como estava pelo nascimento do filho de Cálita, cuja bastardia evidente preferia ignorar. Ámetis crescia saudável, genioso e forte, o orgulho da casa dos Ebálidas e a ruína dos planos da rainha. Percebendo que seu marido já não era jovem, e que a qualquer momento poderia enviuvar, Métide foi tomada por desespero. A ascensão de Ámetis ao poder, bem o sabia, seria sua perdição. Na melhor das hipóteses, teria seu lugar usurpado e apenas seria deixada de lado, negligenciada. Na pior, padeceria de exílio compulsório, assassinato sórdido ou, pior, escravidão perpétua. Por isso, seguiu até o glorioso Templo de Hermes, o astuto nume de hábeis dedos, a quem era muito devotada, e fez-lhe grande oferenda, com muitos sacrifícios de novilhos tenros e rubro vinho derramado em sua honra, pedindo à ladina divindade para lhe conceder a graça de ser mãe.

Hermes Cilênio[50], sempre atento aos assuntos de seu próprio interesse, ouvindo as preces da rainha que sempre lhe fora fiel, dela se compadeceu, mas a seu próprio modo. Sem se decidir exatamente de pronto como a ajudaria, desceu até Chryseia e observou a jovem que guardava toda a beleza de seus ancestrais. Ao vê-la, o nume se consumiu em desejo. Soube, assim, como poderia auxiliá-la. Tal como seu odiado irmão Ares, de rubros olhos, antes fizera, o mais safo dos deuses visitou a senhora com intenções precisas, não sem antes tomar o cuidado de tomar a aparência de Ácratos, conferindo-lhe um encanto e um vigor jamais antes percebidos por Métide em seu já idoso, tedioso e decrépito marido. Ao rei, concedeu um torpe sono de sonhos lascivos. Quando acordou, julgou ter sido ele a tomar o lugar do deus dos pés alados.

O resultado da visita logo se fez notar. Meses depois o rei em êxtase esperava impaciente na expectativa de, enfim, ter um belo varão como herdeiro. E este de fato veio. Nascera bem menor e mais leve do que o sobrinho orgulhoso cuja herança de imediato destituíra, mas, tal como a mãe, a criança tinha uma feição inteligente, em um rosto fino de nariz e queixo compridos; cabelos incrivelmente negros contrastando com os belos olhos de um azul claro. Chamaram-lhe Polímetis, por insistência daquela que o gerara, sabedora como era das graças ou da sina sentenciadas pela força contida em cada nome[51].

---

[50] Isto é, oriundo da cidade de Cilene, um de seus muitos epítetos. A importância de Hermes, supostamente nascido em Cilene para a narrativa pseudo-outiana, parece corroborar a teoria de que esta cidade e Chryseia são, na verdade, a mesma localidade.
[51] Certamente esse não é um comentário banal. Pseudo-Outis aqui parece estar

Figura 5: Litogravura de Métide em seu leito, Hermes sob a forma de Ácratos saindo da cama enquanto o verdadeiro está em outra extremidade da imagem. Baseada na gravura da concepção de Héracles, esta reprodução da ilustração presente em uma obra do século XVIII, atualmente perdida, contém diversos detalhes curiosos, a presença de animais associados ao deus em questão como é de se esperar, mas também o detalhe que Her-

---

brincando com seu leitor, chamando-lhe a atenção para suas próprias escolhas. Tal consciência metalinguística soa muito moderna, não apenas para um suposto texto alexandrino, mas inclusive para um documento datado do século XV. Outra curiosidade a respeito dessa passagem é o fato de o encontro amoroso de Métide e Hérmes evocar o de Alcmena e Zeus, sob a forma de Anfitrião, techo que, aliás, suscitou várias interpretações e curiosas obras derivadas (ver Figura 5).

mes parece estar usando uma barba falsa, com o cordão visível, e o fato de que os pés não são a única parte alada da divindade. Acervo da Biblioteca Nacional de França, Paris.

Na noite em que o príncipe nasceu, Hermes de radiância argêntea dirigiu-se até a rainha e se revelou em toda sua glória divinizada esplendorosa. Contou-lhe ser o pai d[a criança recém-parida e, como se estivesse a se divertir lhe][52] previu um futuro brilhante e próspero; não obstante, advertiu, enfático: ninguém jamais deveria saber de seu sangue olímpico, caso contrário ambos, mãe e filho, injustiçados, morreriam ao fim de penúrias inenarráveis pelas mãos cruéis dos Ebálidas, num destino consideravelmente pior do que teria sido caso a rainha não lhe rogasse por ajuda. Ou seja, se a verdade viesse à tona, todo o esforço do nume em ajudá-la seria vão. E ele nada poderia fazer para salvá-los, mesmo se fosse esse o desejo mais profundo de seu coração.

A esperta Métide, de lépidos pensamentos, lisonjeada pela recém-descoberta, agradeceu ao galante deus ladinho pela honra, pela ajuda e pelo aviso, prometendo-lhe eterno silêncio quanto à natureza do filho e cega devoção ao deus que o gerara. [Hermes][53], senhor de esperteza infinda, fez uma mesura pomposa, apreciando aquelas prudentes palavras, e, sem mais delongas, desapareceu, deixando o recém-nascido nos braços

---

[52] O trecho acrescentado é uma hipótese de Wittembach, sustentada pelo contexto. Contudo, não é possível saber com certeza, pois não há indícios textuais de que essas seriam as palavras corretas e não há como precisar todos os indícios que levaram o professor alemão a tirar essas conclusões. Nas cópias atualmente disponíveis, o trecho é de impossível decifração, mas, aparentemente, no documento original dava para depreender melhor algumas letras, vazadas no verso do papiro, ou assim disse o professor prussiano numa nota de sua edição. Como não dispomos mais do manuscrito, confiar no cuidado de Wittembach ainda parece ser o melhor caminho.

[53] O nome do deus estava ilegível nesse trecho – ao menos nas cópias a que tive acesso –, como se o copista houvesse escrito em caracteres latinos e, em seguida, lembrando-se da escolha pela manutenção dos nomes em grego, rasurasse-o em seguida. O excesso de tinta, no entanto, impossibilitou a leitura com exatidão. Felizmente, pelo contexto inequívoco, não resta dúvida de quem poderia ser "senhor de esperteza infinda".

da bela rainha perdida em conjecturas[54].

Anos se passaram velozes como corre a corsa áurea de Ártemis lunar. Ámetis, o Árida, filho de Cálita, e seu pressuposto tio, Polímetis, o Hérmida[55], filho de Métide da Casa de Teseu, cresceram mimados e paparicados[56], felizes e saudáveis – naturalmente rivais como seus pais e a natureza de seus poderes premeditavam, em meio ao fausto luxuriante de uma riqueza mais almejada do que existente –, apesar de poucas não terem sido as tentativas de assassinato contra ambos.

Sempre instigados pela rivalidade e mútuo ódio de suas mães, as mandantes da maioria dos atentados, os dois jovens aprenderam desde cedo a desprezarem um ao outro e a desconfiarem de tudo e de todos. A cada ato, contudo, suas ascendências se manifestavam como se por mágica e, com elas, a admiração e a devoção cada vez mais polarizada do sofrido povo de Chryseia.

Assim, Ámetis, dotado de força olímpica, foi amado quando enfrentou – e com facilidade venceu – sozinho, com

---

[54] É interessante notar que esse parágrafo difere muito em estilo dos demais, trazendo uma forma narrativa mais recente, com descrições de gestos, expressões etc. Por conta disso, há quem o considere um acréscimo posterior à redação original, mesmo se nenhuma marca textual o indique no manuscrito, o que, por um lado, demonstra sua presença já no momento de redação pelo copista e, por outro, sugere a intervenção de pelo menos mais uma voz autoral, antes mesmo da feitura da cópia a partir da qual fizemos a presente tradução. Nesse sentido, o parágrafo poderia servir como fundamentação para a defesa de que, mesmo se o texto for originário da Alta Idade Média, como parece ser o mais provável, a cópia de Avignon que chegou até os nossos dias, não era o manuscrito original.

[55] Segundo o processo morfológico da língua grega antes aludido em nota, esses epítetos de ordem patronímica aqui designam a paternidade dos dois príncipes, enquanto filhos de Ares e de Hermes respectivamente.

[56] Os termos "mimados" e "paparicados" talvez soem estranhos em um texto escrito há tanto tempo, mas de fato são a exata tradução do original francês onde se lê os termos *gâtés* e *dorlotés*, considerados por alguns acréscimos posteriores.

seus tenros oito anos, três fortes invasores que se infiltraram em seus aposentos durante à noite. Já o frágil Polímetis, mal tendo completado três invernos, inspirou devoção amedrontada em toda Chryseia quando Métide o descobriu brincando com duas víboras em seu leito, após tê-las incitado contra um criado, afinal desmascarado como cúmplice do atentado e responsável por tê-las levado até a alcova do jovem príncipe[57]. Aos onze, Ámetis sobreviveu a três tentativas de envenenamento por cicuta, cuspindo o veneno semidigerido e rindo da expressão enojada da esposa de seu avô; aos sete, Polímites descobriu sozinho o plano de cinco nobres de casas menores para assassinar sua amada mãe, enganando-os para perecerem por seus próprios estratagemas. Com treze, o forte filho de Cálita estrangulou um cão feroz treinado especificamente para persegui-lo e matá-lo; e, aos nove, o Hérmida percebeu um ardil que, se concretizado, envenenaria não só a si, mas igualmente sua mãe e o próprio rei, conquistando um respeito grato e inflexível de seu pai idoso.

Aos quinze anos, o Árida passou a comandar soldados, que o amavam e respeitavam por sua coragem incomparável e por sua habilidade com a lança e com a espada. Aos doze, o filho de Métide conquistou por mérito o cargo improvável de conselheiro do rei manejando com muito apuro os rolos papíricos. Ambas as nomeações precoces, despertaram a fúria de seus respectivos opositores e a apreensão crescente do povo sofrido, antevendo uma guerra cível em nome da sucessão quando a inevitável morte de Ácratos

---

[57] Uma estátua em bronze de uma criança segurando duas serpentes e com pés alados encontra-se no British Museum desde o século XIX (Figura 6). Contudo, vários especialistas especulam se não se trataria de uma escultura de Héracles, acrescida de asas nos pés, resultado de uma provável falsificação.

Figura 6: Polímetis segurando duas víboras, possível falsificação baseada em um relevo de Héracles infante, asas nos tornozelos da figura podem ter sido gravadas posteriormente. Bronze. Origem desconhecida; datação provável: Século III a. C. Museu Britânico, Londres.

Ámetis, do queixo forte, tornou-se belo como sua mãe e forte como o pai. De constituição sólida, rapidamente destacou-se em esportes e atividades bélicas. Por ser prepotente e incrivelmente tolo, era dominado pela *hýbris*[58] com constância, o que logo o tornou impopular entre os jovens nobres de Chryseia, à exceção dos soldados e demais guerreiros brutos, que o viam como ídolo e modelo de conduta máscula.

Polímetis, dos olhos circunspectos, por outro lado, cresceu frágil e ardiloso, ferino como as víboras que desde a tenra idade passou a criar após o atentado, imagem esta sustentada por sua aparência esguia e bastante alta, com braços e pernas longos e ossudos, conferindo a seus movimentos a mesma ligeireza de sua mente. Era, ainda assim, considerado muito garboso por todos, dotado de uma beleza ao mesmo tempo delicada e viril, que inspirava medo e admiração. Seus olhos azuis eram penetrantes, ao mesmo tempo traindo a sede de poder que tanto tentava mascarar.

Ao longo do tempo, Ácratos, de barbas prateadas, tal qual seu pai antes, tornou-se decrépito e doente, já com uma idade avançada demais. Percebia que Tânatos não tardaria a visitá-lo e, por isso, não poderia mais retardar o momento: deveria escolher um sucessor. A decisão não era fácil, mesmo se para a maioria de ambos os lados parecesse bastante óbvia. Os dois herdeiros possíveis, Polímetis e Ámetis, eram ainda

---

[58] *Hýbris* é um conceito grego que designa um excesso, um descomedimento, uma arrogância desmedida e prepotente. Para uma melhor contextualização desse conceito abstrato e tão presente no imaginário grego arcaico, ver os estudos de Jean-Pierre Vernant. Optei aqui por manter o termo grego, em vez de traduzi-lo por "excesso" ou "desmedida", como se faz via de regra, pois no original francês o termo também aparece escrito em grego, apenas fiz a transliteração para o alfabeto latino para uma melhor compreensão.

muito jovens, este com cerca de dezessete anos, aquele com apenas quatorze. Cada um se destacara em seus feitos em seus respectivos campos, sendo amado por parte da cidade e odiado pela restante.

Refletindo dia após dia, o velho rei não conseguia se decidir, pois enquanto Ámetis lhe parecia bastante tolo, apesar de assaz forte e bravo, Polímetis era jovem demais, a despeito da inteligência manifestada desde muito cedo. Além disso, o filho, seu sucessor direto, embora se mostrasse promissor estrategista, tinha sua fragilidade física questionada pelo conselho de anciões, que duvidava de sua capacidade de proteger a si e aos seus em caso de guerra – e esta nunca estava distante. O rapaz não sabia desferir golpes com espada, tampouco tinha a constituição adequada para disparar dardos a longo alcance. Sua única arma era a inglória adaga, manejada com precisão, mas esta pouca valia lhe teria em combate aberto.

Ámetis, por sua vez, era guerreiro formidável, mas dotado da argúcia de uma ovelha velha e cega[59]. O jovem não inspirava segurança em ninguém, salvo em sua mãe e em seus companheiros de armas. Por isso, os nobres mais sensatos temiam sua *hýbris* e sua inaptidão no comércio, podendo, se mal aconselhado, perder o restante da já pouca riqueza da outrora gloriosa cidade. Isso tudo não bastasse, Cálita e Métide se odiavam com todas as fibras e eram ambas detestadas pelo povo de Chryseia, outrora áurea, que receava a regência de qualquer uma das duas rainhas e lamentava a velhice de seu rei inapto, mas sempre bondoso e generoso, como se finalmente a perceber a falta de algo

---

[59] Na tradição ocidental, não raro a ovelha é mencionada como animal de limitada inteligência, facilmente ludibriável. Pseudo-Outis evidencia que esse pensamento simbólico referente a esse animal se revela bastante antigo e já consistia em uma metáfora comum.

nunca antes valorizado. Assim é a vida.

Percebendo a proximidade de uma guerra civil que certamente derramaria o sangue de sua própria casa e criaria oportunidades para usurpadores, Ácratos chegou a uma conclusão inusitada, como se soprada por um deus ou uma deusa em seus ouvidos, durante um sonho particularmente exótico: proporia um desafio aos dois e aquele capaz de o executar com maestria se tornaria o próximo rei. Ao derrotado caberia, por meio do mais solene dos juramentos, aceitar o resultado e se prostrar aos pés do vencedor enquanto seu mais fiel seguidor. Caso contrário, só lhe restaria o exílio, a vergonha e a eterna perseguição das Fúrias pelo desrespeito para com o próprio sangue. Ao vencedor caberia aceitar os serviços e a amizade do outro com respeito e humildade, tal como juraram outrora a Menelaos todos aqueles que não receberam a delicada mão de Helena, para juntos, como parentes, trazerem a glória à cidade de Plutômaco. Precavido, o rei ainda decretou a responsabilidade do conselho de anciões e de generais sobre todas as eventualidades, confiando em sua sabedoria e lealdade, caso morresse antes do término do desafio.

A ideia, é claro, fora sussurrada por Athena, de glaucos olhos, que, após ter ajudado o filho astuto de Hipocoonte por toda sua vida, deixara Chryseia de lado, ofendida pela falta de devoção do herdeiro de Plutômaco. Ácratos, o desafortunado, do mesmo modo, nunca lhe despertara compaixão. Contudo, vendo-o em desespero e ciente das possibilidades reservadas pelas Moiras àquela decadente cidade, decidira interceder, soprando ideias enigmáticas nos ouvidos do velho rei. No entanto, como sempre o fazem os deuses, aquela nascida da cabeça de seu pai não deu respostas às claras, apenas vislumbres sugestivos. Ácratos sabia ser necessário criar um desafio digno de seu reino tornado prêmio. Quanto mais pensava, mais impossível lhe parecia. Ao fim, sem saber como e qual prova escolher, pediu que seus mensageiros levassem seu problema ao divino Oráculo de Delfos. A resposta tardou a chegar, mas afinal veio. Enigmática, a sacerdotisa dera a resposta de Febo, que afasta desventuras, como lhe cabia, por meio de um terceto de decisivo vaticínio:

Nas terras inimigas de seus ancestrais
Pelo bem, pelo justo ou pelo verdadeiro
Serão encontrados do bom caminho sinais[60]

Todos sabem, porém, que Apolo, o oblíquo[61], jamais fala claramente[62] e faz-se necessária muita sabedoria para entender

---

[60] Embora o teor desse pequeno poema (bem como do próximo algumas páginas adiante) assemelhe-se ao que se poderia esperar de uma profecia délfica, o uso de rimas e a metrificação em alexandrinos são claramente um traço da cultura francesa, outro elemento utilizado pelos defensores da autoria medieval de que Pseudo-Outis nunca existiu. Cox, o incansável defensor do suposto cronista alexandrino, por sua vez, argumenta que o fato de o tradutor ter *optado* por traduzir segundo o modelo em voga na França não quer dizer que o original não fosse diferente – argumento não esvaziado de sentido; além disso, contrapõe Cox, o verso alexandrino é tradicionalmente empregado para traduzir versos gregos, nomeadamente os chamados "hexâmetros dactílicos", da épica homérica e da poesia didática hesiódica, o que é um fato, sugerindo ser nesse metro os versos originais, devidamente traduzidos segundo a convenção. De todo modo, polêmicas autorais à parte, optei por conservar a métrica e as rimas, mas não consegui manter os acentos tônicos tão invariáveis na língua francesa, sob o risco de prejudicar o conteúdo na tradução para o português. Por isso, escolhi deixar em honestos dodecassílabos não alexandrinos.

[61] "Lóxia", em grego, é um dos epítetos tradicionais do deus, no concernente à sua função oracular, em menção ao caráter intrinsecamente dúbio e enigmático de seus vaticínios.

[62] O Oráculo de Delfos, outrora dedicado a Gaia, a mãe-terra, fora por Zeus consagrado a Apolo. Segundo a tradição, esse jovem deus soprava as respostas por meio de enigmas para suas sacerdotisas, conhecidas como pitonisas ou pítias. Tentar fugir ao destino predito pelo Oráculo, contudo, fatalmente resultava em catástrofe e, por vezes, maldição – como bem o demonstra o trágico fim de Édipo, de seus filhos e de seus genitores, conforme imortalizado na peça Édipo Tirano, de Sófocles –, uma vez que o fado de antemão fora traçado pelas Moiras e, muitas ve-

os sussurros do Oráculo do deus flechicerteiro. Mesmo assim, aos conselheiros de Ácratos não houve dúvida. O enigma da pitonisa só poderia sugerir que a resposta estava na belicosa Esparta, afinal, onde mais seriam as terras inimigas de seus ancestrais? Desconhecedor, como era, das estratégias bélicas e de tato político, o rei também não hesitou: ignorou o pesadelo passado da ira dos Heráclidas, bem como seus laços de sangue com os lacedemônios, e concluiu ser a resposta pedir aos dois jovens a cabeça de Tisâmeno, atual governante do país de seus ancestrais, filho de Orestes, o rei de Esparta[63] recém-falecido, para assim pôr fim à rixa ancestral.

Na verdade, Ácratos, aquele cujos pensamentos se turvavam, ressentia-se de Esparta havia muitos anos, por causa do assassinato de seu bisavô Hipocoonte e do exílio de seu avô Plutômaco em benefício de Tíndaro – para os Ebálidas, o único e eterno usurpador do reino. Pois, mesmo se Chryseia fora rica um dia, tal prosperidade fora perdida enquanto a cidade rival, outrora governada por Hipocoonte, seu antepassado, ainda vivia em fausto e gozava de poder e glória. A inveja o corroeu súbita e letal e de repente a antiga rixa se reascendeu, com ardor ainda mais vivo. Ácratos teve a certeza de que seu parente[64] era o responsável por sua ruína e

---

zes, sua concretização dependia justamente da tentativa de contradizê-lo, de onde se origina a expressão popular "ironia do destino". A esse respeito, ver a obra antes citada *O Oráculo de Delfos*, de Marion Giebel (2013).
[63] Segundo diversas fontes, Orestes sucedeu seu tio e sogro enquanto rei de Esparta, ao lado de sua esposa Hermíone, devido ao fato de Menelaos não ter tido nenhum filho legítimo do sexo masculino. Seus filhos bastardos, Nicostrato e Megapente, frutos da união com uma escrava, não foram aceitos como governantes pelos orgulhosos lacedemônios, que preferiram ver no trono o filho de Agamêmnon e, portanto, o sobrinho de Menelaos, a terem de aceitar herdeiros ilegítimos do antigo rei.
[64] Tisâmeno pertencia à casa de Tíndaro, meio-irmão de Hipocoonte, e à casa dos Átridas, filho como era de Orestes e Hermíone. Ácratos e Tisâmeno eram, pois,

caberia a seus descendentes a reparação histórica do mal causado três gerações antes.

Pedir a cabeça do primo longínquo, Ácratos bem sabia, seria uma declaração de guerra a Esparta; o momento, contudo, não era inoportuno. Desde a morte de Orestes, o matricida, a cidade perdera parte de seu poderio e influência. Além disso, diziam, os Heráclidas, antigos amigos da casa de Tíndaro, exilados do Peloponeso após a morte de Héracles e, portanto, tornados rivais pelas favoráveis circunstâncias, planejavam conquistá-la, auxiliados pelos atenienses, eternos rivais dos espartanos e convenientes aliados de Chryseia desde a união de Ácratos e Métide. O rei também sentia-se protegido pela profecia do Oráculo, esperando que a morte do monarca inimigo levasse os povos rivais a invadirem Esparta, causando sua ruína e, então, a casa dos Ebálidas se vingaria dos Tindáridas, pondo fim ao conflito geracional.

A maior parte de seus conselheiros apoiou a ideia; outros sugeriam cautela e prudência. Não se começa uma guerra em um momento de recessão, assim como não se o faz às pressas, sem profunda reflexão. Como os conselhos de Télos, o sábio adivinho, que tanto amava a casa dos Ebálidas, teriam sido

---

parentes distantes, descendentes de Ébalo, e rivais de nascimento, conforme mencionado no início desta crônica. Orestes e Hermíone, pais de Tisâmeno, eram primos de ambos os lados, sendo os pais de Orestes: Agamêmnon, filho de Atreu, e Clitemnestra, filha de Tíndaro. Enquanto Hermíone era filha de Menelaos, irmão de Agamêmnon, e de Helena de Tróia – filha de Zeus e Leda –, irmã de Clitemnestra, já que, para todos os efeitos, era considerada também filha de Tíndaro. Em suma, Átridas, Tindáridas e Ebálidas, e mesmo os Heráclidas, tinham sempre algum grau de parentesco em maior ou menor grau – e, em muitos casos, por múltiplas vias –, dadas as ascendências divinas que, invariavelmente, remontavam a Zeus ou Posêidon e os constantes casamentos entre primos, tios e sobrinhos, dentre outras uniões consanguíneas, comuns na época, particularmente entre nobres, e que, pela cultura do período, não configuravam incesto, ou, mesmo se configuravam, não representavam um tabu da mesma forma como a sociedade ocidental atual considera (ver as árvores genealógicas das nobres casas gregas ao fim deste volume).

bem-vindos naquele instante de indecisão! Mas assim Ácratos decidiu e assim de fato foi feito. Os dois rapazes logo foram informados da decisão real e receberam uma escolta de trinta guerreiros chrysienses cada um, para ajudá-los na empreitada. Com votos de boa sorte e pedidos de bênçãos divinas, o rei despediu-se do suposto e amado filho e do neto dileto, desejando a vitória do melhor e a justiça na disputa.

Em um primeiro momento, Polímetis, o de olhos argutos, reagiu mal ao desafio. Era ainda muito jovem, mas esperto o suficiente para perceber a missão suicida a que era enviado. Parecia-lhe loucura invadir a terra de seus inimigos simplesmente para surrupiar a cobiçada cabeça do governante. Roubar não lhe era um problema; o Hérmida, filho de seu legítimo genitor como era, não padecia de tais pudores. Contudo, havia coisas mais fáceis de se conseguir do que o solicitado. Sem querer contradizer seu pai e rei, recorreu à mãe, que sabiamente o aconselhou a pedir ajuda de seu tio, irmão dela, Timetes, então rei de Atenas. Na calada da noite, sem contar seus planos a ninguém além de Métide, o jovem partiu em bigas ágeis puxadas por cavalos, acompanhado por seus trinta soldados, os quais liderava na esperança de juntar esforços aos homens do tio e, juntos, conquistarem a cidade dos Tindáridas.

O bravo e destemido Ámetis, por outro lado, adorou ser desafiado: era a oportunidade desejada para demonstrar sua força e poder. Um ataque como aquele caía-lhe à perfeição e por certo amedrontaria seu frágil tio. Confiante, despediu-se com carinho de sua mãe e com respeito de seu avô e, sem titubear, partiu com sua pequena infantaria em direção a Esparta, onde esperava um conflito em campo aberto cheio de honras e glórias como os da longínqua Tróia, onde tantos heróis aqueus lutaram, pereceram e se imortalizaram.

[Como não podia deixar de ser, a notícia do desafio de Ácratos não tardou a chegar aos ouvidos dos deuses, que, entediados como de hábito nos dourados salões amplos do Olimpo, sempre aguardavam um momento preciso para interferir na vida humana. Zeus plenipotente e Hera, dos belos braços brancos, lamentaram a batalha vindoura, sabendo que a juventude imprudente nada traria de bom para quaisquer lados do conflito][65]. Mesmo assim, o casal de numes nada decidiu fazer por aquela cidade onde o culto e o respeito aos olímpicos abundavam em negligência já havia duas gerações; optaram por apenas assistir ao conflito cujos contornos começavam a ganhar força, deixando a interferência para os deuses mais jovens. Havia momentos em que, mesmo sendo doloroso observar, os mortais mereciam ser deixados à própria sorte.

Hefesto, de hediondos traços, o hábil e hesitante deus coxo do fogo e da forja, limitou-se a fabricar mais raios para o pai, a despeito do desdém daquele ante a desforra predita, como se profetizasse a tempestade por vir e a intromissão paterna, sem conceder aos mortais em guerra um segundo olhar. Aquelas questões não lhe interessavam; havia maravilhas demais por criar.

Já o três vezes grande Hermes Trimegisto[66], o ladino deus

---

[65] Na cópia digitalizada disponível online na Biblioteca Nacional da França, esse trecho parece ter sido rasgado estranhamente. Por isso, tive de recorrer à cópia da Biblioteca Nacional de Portugal em Lisboa, infelizmente ainda não acessível no site da instituição. Do que posso me lembrar, as outras cópias a que tive acesso, também traziam o trecho suprimido. Cheguei a escrever para BNF noticiando o material danificado e recebi como resposta que eles investigariam o caso e veriam com a Biblioteca Real da Bélgica a possibilidade de digitalização do trecho faltante, caso a cópia arquivada em Bruxelas não apresentasse a supressão.
[66] Pseudo-Outis comete aqui uma pequena redundância, já que "Trimegisto" significa, justamente, "Três vezes grande". É interessante notar o quanto o autor se mostra sempre bastante parcial em relação a Hermes.

mensageiro, enquanto parte diretamente interessada, rumou logo para Chryseia, dos mares violáceos, a fim de acompanhar tudo de perto e desempenhar o papel pertinente que lhe cabia, segundo a determinação das fatídicas Moiras. Enquanto isso, Posêidon, o senhor dos mares, que abala a terra e espanta os fracos, pouca importância deu ao caso, embora em seu íntimo torcesse pelos descendentes de Teseu, dentre os quais Polímetis, pois, em meio à sua prole bastante extensa, aquele fora um dia seu filho predileto. Como por norma, também se eximiu de qualquer parecer o deus Invisível portador do elmo, irmão do Abalador de Terras e do Senhor dos Raios, cujo nome não ousamos mencionar. Seus ricos domínios sofreriam o impacto do confronto, vencesse quem vencesse, por isso o resultado lhe permanecia indiferente.

Afrodite, dos fartos lábios rubros, logo lançou olhares cobiçosos ao jovem galante Árida, tão viril quanto formoso, mas o Pudor, nunca antes conhecido por aquela deusa de volúpia, por esta vez a conteve: a nascida da espuma não desejava conflito com o amado amante, ao lado do qual como sempre se prostrou e, apaixonada, decidiu auxiliar, como pudesse, o filho de Ares, mantendo resguardado recato. Pelo mesmo motivo, a rainha das paixões impedira que seu filho Éros tomasse parte na contenda; muita balbúrdia já se anunciava e flechas erradas tornariam o caos ainda mais profundo, sobretudo quando os furores de outras divindades se encontravam na origem da contenda.

E as flechas dos filhos da gloriosa Leto, ruína de Níobe e da sempre enlutada Tebas, também permaneceriam em seus alforjes. Febo Apolo, o condutor das Musas, contendo-se em seu papel de guia, esperou para se manifestar em um futuro próximo, quando mais uma vez seu Oráculo fosse consultado, optando por só falar por meio de sua pitonisa, pois de antemão sabia o papel de seu templo naquela trama repleta de intrincados nós. Dessa vez, seu arco descansaria, o solar deus císnico não pegaria em armas. Tampouco o faria sua irmã Ártemis, a lunar caçadora, cujos interesses naquele momento estavam em outras paragens, bem longe do Peloponeso, em meio a tragédias tessalônicas[67].

Por sua vez, o explosivo Ares, dos cães ferozes, e sua irmã Athena, cujas batalhas liderava, senhora das corujas e domadora de cavalos, particularmente interessaram-se pelas novas que chegavam aos numes. O papel de ambos era claro, ativo e efetivo. Não poderiam se isentar, tampouco o desejavam. A negligência de qualquer parte redundaria no sucesso do eterno opositor, o que ambos mais temiam. Ao que tudo indicava, uma guerra estava por vir e, como deuses bélicos e rivais, dois irmãos que, acima de tudo, odiavam-se, cabia-lhes intervir e buscar a vitória para seus respectivos protegidos[68].

---

[67] Aqui Pseudo-Outis parece estar mencionando outra de suas crônicas, na qual narra as desventuras de uma jovem sacerdotisa de Ártemis, habitante da longínqua Tessália. Quase nada restou dessa crônica em particular, da qual temos pouco mais do que alguns fragmentos e parágrafos esparsos; contudo, em um dos trechos sobreviventes, Tímetes é mencionado e por isso depreende-se que se passe mais ou menos na mesma época da disputa entre Polímetis e Ámetis, explicando assim para onde o interesse da deusa estava voltado naquele momento.

[68] Essa extensa lista de Pseudo-Outis citando as principais deidades olímpicas parece remeter ao momento da *Ilíada* em que os deuses se dividem a favor dos aqueus ou dos troianos, descendo ao campo de batalha para dela tomar parte, à revelia das ordens de Zeus, cujo desejo era garantir a neutralidade do Olimpo, uma vez que seus filhos abundavam em ambos os exércitos, em um episódio conhecido como "Teomaquia" (do grego, *theos*, isto é, "deus" e *makhia*, "batalha"). No caso da narrativa pseudo-outiana, menos deuses se engajam no conflito dos mortais, mas, tal como na narrativa homérica, sua participação será essencial e conduzirá a vida dos mortais à ruína ou à glória, ao sabor de seus caprichos. Vale notar que num caso, como em outro, o lado vitorioso tende a ser apoiado pelas mesmas entidades – não por acaso aquelas cujos atributos favorecem o intelecto ante a força e as paixões –,

Atraída como era pela inteligência e perspicácia, Athena salvadora até Polímetis se dirigiu, na austera figura de Mentor[69], o venerável ancião abridor de caminhos, e com o jovem se sentou nos salões da rica cidade de Atenas, sob a proteção de Timetes, o cauteloso governante, para juntos tramarem seu astucioso plano. Hermes, das mãos ligeiras, seguia-a de perto, sem fazer-se mostrar, mas soprando conselhos ao jovem filho, como se a bela Eco fosse. Por sua vez, Ares, o belicoso, após pedir que a seus filhos Deimos, o Terror, e Fobos, o Medo, espalhassem seus dons entre todos os helenos para inspirar a tensão antecedente ao conflito, e que Éris, a Discórdia, Alala, o Grito de Guerra, e Ênio, a Bela Batalha, ficassem a postos com suas chacinas de corvos e matilhas de cães, foi ter com o robusto filho que, até então, desconhecia sua própria natureza semidivina. O encontro imprevisto para sempre marcou o destino do rapaz.

Sob a Lua Nova, Ares apareceu sem disfarces para o filho, que o recebeu com a espada em riste e o cenho franzido, como lhe era de hábito e ímpeto. Mais perspicazes, seus soldados logo perceberam a origem daquela aparição e se prostraram em súplica lisonjeira. Ninguém ousaria se opor ao senhor da guerra. Ares, envolto em aura brilhante, portando sua mais bela couraça, aninhada em sua capa carmesim da mais rica seda, caminhou lentamente em direção àquele rapaz. Tirou o elmo alto e dourado e olhou-o com orgulho. Gostou do que

---

como se a demonstrar que nessa disputa a balança sempre penderá em favor daqueles que optam por pensar antes de agir.
[69] Athena já antes se valera desse tipo de subterfúgio para auxiliar os mortais de sua predileção, como no caso da *Odisseia*, de Homero, onde tomou a forma do velho sábio Mentor para guiar Telêmaco na busca por seu pai, Odisseu. É devido a essa passagem que a palavra "mentor" adquiriu o sentido pelo qual a entendemos hoje em dia.

viu: prepotência, arrogância, brutalidade e força. Era de fato um Árida. Com a mão levantada, aconselhou ao rapaz a abaixar sua arma e se apresentou em sua plenitude ofuscante, o que não pareceu de todo impressionar o jovem inconsequente. Por um longo par de horas conversaram [...].

[Ares Eniálios[70], o destruidor de cidades, contou a Ámetis ser seu desconhecido pai e afirmou desejar fazer de tudo para ajudá-lo em seu périplo rumo ao trono. Aconselhava-o, porém, antes de seguir para Esparta, a se consultar com o Oráculo, em Delfos, para saber os vaticínios de Febo, cujo futuro sempre era capaz de prever. Aquela seria uma jornada perigosa e só com conselhos divinos tornar-se-ia possível prosperar. O jovem ouviu calado e assentiu. O deus também recomendou ao filho vigiar Polímetis, o arguto, pois o rapaz não era em absoluto confiável ou subestimável. A isso Ámetis riu com naturalidade, dizendo que seu jovem tio ainda era imberbe e fraco, delicado como uma virgem recatada consagrada à Héstia, senhora das lareiras, além disso, sabendo-se filho de um deus, Ámetis já se via como o herdeiro profetizado por Télos. Todavia, contrariado, o portador de despojos não gostou de seu tom e insolência, sentindo a ira tomá-lo contra o filho como outrora possuiu seu próprio pai contra si. Afinal, Zeus odiava-o e nunca escondia tamanha repulsa[71]. Crescendo assustadoramente, com elmo e couraça reluzindo de forma dolorosa e ofuscante, ralhou com o filho, prevendo sua ruína devido à soberba descontrolada. Aquele seria seu derradeiro conselho, sentenciou, então desapareceu em meio a uma nuvem de corvos alvoroçados em

---

[70] Epíteto do deus da guerra que poderia ser traduzido como "o belicoso". Por vezes, Eniálios é interpretado como uma divindade menor que inspiraria a vontade de guerrear.

[71] A referência aqui provavelmente remete ao fato de Zeus se dirigir a Ares, na *Ilíada*, como aquele, dentre seus numerosos filhos, que mais detesta.

turbilhão. Um pouco preocupado e menos obtuso do que se poderia imaginar, o filho de Cálita, de fato, assustou-se com o súbito surto de cólera paterno, e, por isso, aceitou mudar seu destino e rumar primeiro para a longínqua Delfos, para além do Peloponeso e ao alcance de seus inimigos atenienses, onde a pitonisa traçaria seu destino traiçoeiro de mãos dadas com as quase cegas fiandeiras.][72]

[...][73]

Em Delfos, Ámetis, o jovem Árida incapaz de se curvar ou ceder a nada ou a ninguém, pela primeira vez se prostrou ante a pítia e, com humildade rara em seu coraçãoególatra, questionou como deveria proceder para triunfar ante seu distante parente Tisâmeno Oréstida, de nobre e forte linhagem. Em transe, a pitonisa lhe respondeu: sua jornada se revelaria longa e pedregosa, mas impossível não seria. Dois presságios, o príncipe viria a receber; caber-lhe-ia sozinho interpretá-los, a despeito dos conselhos amigos ou inimigos. Um à ruína o levaria, resultando na glória de seu tio ambicioso, enquanto o

---

[72] Antes desse parágrafo, nota-se uma supressão do copista, como se tivesse decidido cortar algum elemento, talvez ilegível no material utilizado, para sua tradução ou versão. O parágrafo iniciado com "Ares contou a Ámetis", por sua vez, parece escrito em outra caligrafia e com outra tinta, como se acrescentado *a posteriori*, de modo que não é possível atestar com certeza sua autenticidade. J. Moréas aponta, em um texto de 1896 a respeito desse trecho, que o parágrafo em questão é um resumo do que foi suprimido, possivelmente deduzido a partir de poucos fragmentos que o copista teria preferido omitir. Contudo, trata-se apenas de especulações. Sabe-se somente que esse parágrafo sucede uma supressão (cuja extensão não nos é possível deduzir) e destoa dos demais, segundo as marcas de composição do manuscrito. Estranhamente, Wittembach – sempre tão atento a detalhes mínimos de acréscimo ou supressão – furta-se de comentar essa passagem em nota, a despeito de ter assinalado o trecho faltante com reticências.

[73] O trecho aqui suprimido provavelmente dizia respeito à tortuosa viagem de Ámetis até o templo de Delfos, porém a parte do manuscrito que se seguiria foi corroída, possivelmente por ratos, e, a despeito da margem larga, parte do conteúdo se perdeu irremediavelmente.

outro o imortalizaria, na honra eterna dos deuses e dos mortais. Vida e morte pendiam na navalha do fado e só a astúcia o guiaria, não a força, a pender pelo lado da imortalidade. Desse modo, verso a verso foi prevendo, a sábia profetisa de Apolo, em um raro longo vaticínio. E, como um adendo de dois dísticos derradeiros, aconselhou-o, a pítia de Febo:

Saiba escolher e restará vitorioso;
O evidente caminho tende a ser ruim.

Engana a aparência do fado tortuoso,
Nem sempre opostos se fazem glória e fim.

Com essas palavras em mente, o príncipe-guerreiro saiu atordoado. O enigma era complexo e não lhe apontava uma trilha com precisão. Só pela força sabia agir; ela e seus instintos regeram sua infância e juventude e conquistaram-lhe respeito entre seus pares mais velhos. Como agora poderia mudar seu modo de ser e de existir? Resolveu, por isso, passar em Delfos aquela noite, não junto a seus homens, mas pela primeira vez sozinho, no ponto mais alto, na esperança de seu pai ou outro nume dele se compadecer e o ajudar no périplo vindouro. Foi então [...] [Afro]dite[74].

Na manhã seguinte, de uma forma ou de outra, decidira, retomariam a jornada para Esparta, pois, acreditava, havia

---

[74] Outra supressão. Infelizmente, não é possível saber o que Ámetis viu ou encontrou naquela noite de isolamento, que talvez tenha influenciado em suas decisões futuras. Supõe-se que a palavra incompleta seria Afrodite (até pelo uso da grafia grega), conforme defendido por Wittembach, não apenas pelo trecho em si, mas pelo desenrolar da narrativa. Nesse sentido, talvez a deusa tenha aconselhado Ámetis de alguma forma, prestado algum auxílio prático ou mesmo advertido de algum perigo; contudo, as demais palavras suprimidas são irrecuperáveis.

de encontrar no caminho os presságios referidos para conseguir cumprir seu destino. Naquele momento, pensou em seu rival Polímetis, de prometeicos pensamentos, perguntando-se quais trilhas o jovem ardiloso tio teria escolhido percorrer. Polímetis jamais fora um Ebálida de fato. Sempre se soube filho de Hermes e Métide e, por isso, considerava-se ateniense, mesmo tendo nascido em Chryseia. Era um Teseida; não compartilhava o sangue de Hipocoonte. De todo modo, assim como seu suposto sobrinho, considerava-se digno do trono por cumprir o requisito da profecia: era legítimo filho de um deus – e, até onde sabia, Ámetis não passava do neto de um deus-rio de menor importância. Além disso, o desafio não lhe seria custoso; nutria natural antipatia pelos espartanos, como todo ateniense de sangue, mas não com o ódio cego e enérgico dos chrysienses; ao contrário, fomentava um desprezo calculado e oportunista. Mais do que isso, não sentia medo Heráclidas, assassinos de Ebálidas, como todos em Chryseia, vendo-os antes como históricos aliados do reino de seus ancestrais. Afinal, após terem perdido o trono de Micenas, gerações antes, os herdeiros de Héracles, então também conhecidos como Perseidas por descenderem também do bravo cavaleiro de Pégaso, haviam buscado refúgio junto aos atenienses, antes de rumarem para o norte e se fixarem em terras dórias.

De fato, desde que Héracles matara Hipocoonte e reconduzira Tíndaro ao trono de Esparta, os Ebálidas temiam e odiavam os Heráclidas – ainda mais do que os espartanos –, povo forte que se proliferava para além do Peloponeso, no continente. Aliás, tal sentimento era compartilhado pela maior parte das cidades gregas, salvo em Atenas, onde eram vistos como uma oportunidade pelos herdeiros de Teseu, sempre capazes de colocar a astúcia à frente da força bruta e, com isso, extrair de um possível problema uma oportunidade. Por isso, Polímetis, o multiastucioso, tivera ideias bem diferentes relativas aos herdeiros de Héracles. Sem se precipitar, o jovem rumou diretamente para Atenas, onde sabia que o receberiam com vivas e festejos, como um proscrito retornado à casa paterna, e onde com certeza seria recompensado com sábios conselhos e, o mais importante para tal empreitada, com um forte exército.

Antes, porém, de se lançar à guerra, o jovem e seu tio confabularam longamente. Aconselhado por Timetes, o prudente, o Hérmida mandou dois mensageiros procurarem os três bravos filhos de Aristomaco da nobre cada dos Heráclidas: Temeno, Cresfontes e Aristodemo, bem como os dois filhos deste último, Eurístenes, de grande renome, e Prócles, de coragem inconteste. Seu plano era simples e prático e, acima de tudo, seguro para si mesmo e para a cidade de seus ancestrais [...][75]; não apenas subiria rapidamente ao trono de Chryseia, como se tornaria um homem poderoso em toda a Grécia, trazendo ainda glória aos atenienses.

[...][76]

Delfos ficava a norte da península do Peloponeso, na região da Ática, não tão longe de Atenas, a cidade dos sábios, e de Tebas, a malfadada pátria dos Labdácidas. No extremo oeste do Peloponeso, a relativa distância da potente Olímpia, onde Zeus supremo reinava magnânimo, ficava a rica Chryseia das praias douradas, e ao sul dessa península ficava Esparta, a belicosa cida-

---

[75] É irônico o fato de essa supressão ter omitido justamente os planos e intenções de Polímetis. Há momentos em que o suposto copista parece ter feito supressões propositais que até aumentam o efeito de suspense da narrativa, o que é claro certamente não passa de uma impressão minha.
[76] Neste parágrafo, o copista francês anotou duas supressões, contudo não identificou o motivo. Provavelmente, o original a partir do qual fez sua cópia estava ilegível ou talvez ele tenha feito algum tipo de censura por pudor ou qualquer outra razão.

de dos lacedemônios. A poderosa Micenas de Agamêmnon, outrora o lar dos Heráclidas e então sob domínio dos Átridas, e sua cidade-irmã, Argos, a terra de Acrísio, o infeliz avô de Perseu, ficavam ao centro daquela rica porção de terra, a meio caminho entre a Chryseia de Ácratos, a Atenas de Timetes e a Delfos de Febo Apolo, o oblíquo. Eram, portanto, cidades a serem evitadas, posto que aliadas históricas dos espartanos, também governadas pela nobre casa dos Átridas. Ou seja, o Peloponeso estava recheado de inimigos, e cada ação deveria ser calculada com cuidado, sobretudo ao se considerar o potencial risco representado pelos atenienses, mesmo quando considerados supostos aliados, uma vez que Timetes, o ganancioso, cujas ações do passado davam margem à desconfiança[77], certamente apoiaria o sobrinho. Por isso, após rumarem algumas horas ao sul, Ámetis, o impetuoso, e seus bravos homens deveriam decidir seguir pelo Leste ou pelo Oeste para conseguir chegar à insuperável Esparta.

Cansados das várias léguas percorridas península adentro, pararam em uma encruzilhada onde havia uma frondosa oliveira de folhas acinzentadas, cujo tronco ressequido se bipartia como se por um acaso das travessas Moiras, resultando em duas distorcidas copas distintas, uma mais alta apontando

---

[77] O comentário provavelmente diz respeito ao fato de Timetes ter assassinado seu irmão mais velho Afidas, que assumira o trono de Oxintes. Afidas mal chegou a governar por mais de alguns meses, pois a ambição do meio-irmão não tardou a suplantar o esperado amor fraternal. É muito estranho, aliás, que Métide se sinta próxima de seu meio-irmão bastardo quando este assassinou seu irmão legítimo. Pseudo-Outis não faz nenhum comentário a esse respeito e parece, inclusive, ignorar tal informação, apesar dessa provável referência ao assassinato. Não parece uma escolha sensata, por isso se torna interessante especular. Talvez Métide odiasse Afidas? Se sim, por que motivo? Será que ela se beneficiou também de sua morte e da ascensão de Timetes ao poder? E, mesmo nesse caso, como sabe que seu filho estará protegido na casa de seu meio-irmão? E, mais do que isso, como pode confiar em Timetes diante de uma prova tão cabal de seu desprezo pelos vínculos familiares, sobretudo quando há tanto em jogo? As demais crônicas de Pseudo-Outis não nos ajudam a responder a essas questões.

para leste, na direção da imponente Micenas, e outra para oeste, de galhos mais baixos, rumo à dourada Chryseia, por onde voltariam para casa. Sob cada uma das copas empoleirava-se um pássaro: sob o lado leste, repousava um corvo prepotente, belo, régio e agourento; sobre o lado oeste, uma delicada pomba, tranquila, frágil e assustadiça. Em um primeiro momento, aquilo nada significou para a mente árida de Ámetis, filho de Ares, cujos caprichosos sinais divinos nunca lhe foram claros, ou mesmo notáveis, mas logo tal vaticínio traduzido em símbolos vivos foi percebido pelos seus homens como os dois presságios mencionados pela enigmática pitonisa délfica[78].

Sentindo os olhares apreensivos, o grande corvo grasnou alto e agressivo, como se desejasse espantar os guerreiros, mas assustou a casta pomba branca, que voou para o chão pedregoso em atitude submissa. Discussões então começaram em torno do significado dos presságios e a nenhuma conclusão se chegava. A maioria apontava o evidente: o corvo apolíneo[79] simbolizava a morte repentina e, se seguissem para leste, era isso o que encontrariam, enquanto a afrodisíaca pomba nada

---

[78] De todas as passagens do texto pseudo-outiano passíveis de serem associadas a outros textos e/ou artefatos iconográficos, esta, sem dúvida, é que parece mais reveladora. No começo dos anos 2000, Algirdas Taujanskas recebeu anonimamente uma foto de um prato de origem grega (Figura 7), onde identificamos perfeitamente a oliveira com os dois pássaros. O prato, porém, nunca foi encontrado, uma vez que está supostamente guardado em uma coleção particular. Após muita investigação, o Prof. Taujanskas conseguiu descobrir a fonte que lhe enviara a foto garantindo a autenticidade – senão do prato – ao menos da foto, mas qualquer informação relativa ao local onde os negativos fotográficos permanecem continua em sigilo. Graças à intercessão do pesquisador lituano, recebemos autorização para reproduzir a imagem neste volume.
[79] Um dos dois pássaros dedicados a Febo (o outro é o cisne). Vale lembrar que foram os corvos quem apontaram Delfos, onde foi erguido seu Oráculo, como o ônfalo, isto é, o lugar do centro (ou melhor, do umbigo) do mundo, segundo a tradição grega clássica. Não obstante isso, o corvo é também uma ave consagrada a Ares, o que intensifica sua dubiedade.

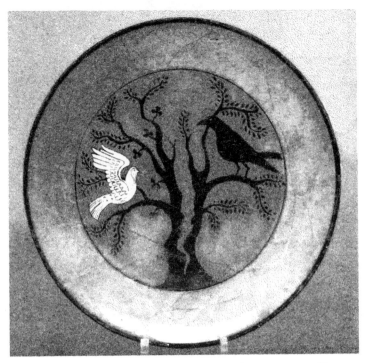

Figura 7: Reprodução fotográfica de um prato de cerâmica grego com a imagem da árvore de tronco bipartido com o corvo e pombo proféticos. Coleção particular, sem informações de material ou origem. Foto tirada de forma clandestina, no começo do século XX, também pertencente a coleção particular, cedida para esta edição sob promessa de sigilo de fontes.

mais poderia ser além do signo sabido de paz e da tranquilidade, enviada pela amante de Ares.

Outros, porém, diziam que o desafio de Ácratos era justamente provocar a guerra e não a paz e por isso a pomba deveria ser ignorada. Ares convocava revoadas corvinas e aquele só podia simbolizar um indubitável sinal da morte que levaria ao inimigo de Ámetis, aguardando-os ao fim do caminho. Além disso, Apolo Délfico era igualmente protetor de Chryseia das belas praias e, por isso, caso não fosse Ares, era provável ter sido o deus císnico quem enviara seu outro pássaro, que, inclusive, sobrepujara a ave branca e fraca. Muitos ainda se lembravam de Afrodite Columbina, cuja morte trazia sorrateira e tranquila, sob a forma de um pássaro gentil. Ambos os presságios, portanto, poderiam evocar a morte e cabia ao príncipe descobrir qual designava o fim de quem. Seria a ruína da casa dos Átridas como desejado por seu pai ou seria sua própria aniquilação e a de seus homens, o que causaria a vergonha e a desgraça à sua pátria? Tal como predito, não havia como ninguém ajudá-lo. A escolha cabia a si e a si somente.

Ámetis, contudo, era filho de Ares, e se a amante de seu pai vaticinava algo, certamente não era para lhe desejar o mal. Se o corvo fosse de seu pai, não estaria só; Ares comandava revoadas, mas era o deus oracular quem convocava grandes seres alados solitários. E Febo Apolo era um dos três patronos de Chryseia, conforme bem o lembrava a previsão de Télos, de imensurável talento, e se seu pássaro solar, mesmo se de negras plumas[80], aguardava-o altivo, sobrepondo-se à ave de Afrodite, nada mais poderia designar além da pujança dos chrysienses sobre seus inimigos Tindáridas. Para alguns, vale também lembrar, a morte suscitada pelo corvo do deus flechicerteiro – bem como pela deusa do amor cuja morte visitava tranquila – não era outra senão a de Tisâmeno, o fraco, rei de Esparta e inimigo dos herdeiros de Plutômaco. Como nada se decidisse, tamanho o impasse entre os guerreiros temerosos, o corvo, então, inesperadamente alçou voo e pousou silencioso sobre a cabeça do garanhão atrelado à biga de

---

[80] Para além do corvo, também são consideradas aves solares, e, portanto, apolíneas, o cisne e a águia, cujas imagens e simbologia, a depender do mito, sobrepõem-se umas às outras.

Ámetis, o bravo Árida. Era o sinal derradeiro. Os deuses forçavam o príncipe a escolher depressa.

Naquele momento, o jovem príncipe chrysiense, pela primeira vez em sua curta vida, teve medo, um profundo e bem fundamentado pavor daquilo que as Moiras lhe reservavam. E, por fim, decidiu-se de forma inesperada, contrariando todos os brados de seus homens, seu coração orgulhoso e seus instintos mais aflorados. Com esforço, tentou raciocinar.

Segundo sua própria interpretação do presságio, seguiria o caminho considerado como sendo o de Afrodite e retornaria a Chryseia, conforme as orientações enviadas por seu próprio pai. Não direcionaria seu destino de pronto ao conflito em Micenas, a terra dos Átridas; antes, voltaria para casa e reabasteceria seu exército de mantimentos e só então rumaria para a belicosa Esparta. Trilharia o caminho da pomba, em busca da segurança e não da morte certa. Não fizera a escolha de Aquiles, das loiras madeixas, por mais glória que a contenda pudesse redundar. Em sua cabeça, conseguiria vencer Tisâmeno sem causar guerra e assim o presságio se confirmaria: seu inimigo receberia uma morte tranquila, como o beijo da deusa columbina. O futuro reservar-lhe-ia glórias maiores, quando já estivesse sentado sob o trono chrysiense. Optaria, pois, por conter seus impulsos bélicos naturais, crendo interpretar assim o predito pelo vaticínio.

Muitos de seus homens tentaram dissuadi-lo. Ele não conseguiria a coroa com aquela atitude pacífica e, como diziam outros aos sussurros, covarde, ou mesmo desonrosa; logo ele cuja bravura sempre fora motivo de orgulho para seus partidários e compatriotas agora optava pela saída mais fácil e, por conseguinte, menos prestigiosa. Era a morte de Tisâmeno, herdeiro de Atreu e de Tíndaro, aquela prevista pelas ações do corvo, não havia como ser outra. Todavia, a maioria cedeu, instigada pelo príncipe cujos esforços nunca lhe falharam, e os chrysienses retornaram à sua pátria com os corações pesados, desconfiados, cheios de questionamentos.

No caminho, a imagem de Ares não deixava a cabeça de Ámetis. A voz do pai ecoava, repetindo-lhe para tomar cuidado com Polímetis, o muitas vezes astucioso. E por isso optara pela cautela. Ao mesmo tempo, uma parte de sua mente lhe dizia que, apesar de seus cuidados e precauções, estava ignorando uma parte importante do que predissera o Oráculo. O que poderia ser? Pela segunda vez, ele não deu atenção nem à razão nem verdadeiramente ao pai, tampouco às suas intuições. Sua arrogância, mesmo se um pouco abalada, cegava-o aos detalhes e, por isso, seguiu confiante até Chryseia, ignorando completamente a existência do ardiloso jovem tio, cujas ações já impactavam o destino de todos os gregos.

Esse foi o princípio da ruína do filho de Ares.

[...][81]

Quando os Heráclidas chegaram a Atenas liderando hordas de fortes guerreiros dórios, Timetes e Polímetis trataram de lhes propor um acordo bastante generoso. Todos queriam a queda de Esparta e tinham muito a ganhar se agissem juntos. Com os Átridas fora do caminho, cessariam as disputas entre Ática e Peloponeso e os espólios poderiam ser divididos de modo a todos saírem com ganhos: Polímetis ficaria com a costa oeste, banhada pelo Mar Jônico e teria em Chryseia sua ca-

---

[81] Desse ponto em diante, no texto francês, seguem passagens bastante truncadas e há muitas supressões. Obviamente, perderam-se algumas páginas do material que vinha sendo transcrito e o copista renascentista tentou compilar o que entendeu no trecho a seguir, conforme apontado em seu comentário introdutório. Em outros momentos, ele apenas assinalou os trechos faltantes, como conservado nesta edição.

pital; Timetes expandiria seu governo por toda a Ática, a partir de Atenas, enquanto os príncipes Heráclidas ficariam com o restante do Peloponeso. Tio e sobrinho estavam dispostos a enviar pequenos exércitos contra Esparta, onde se juntariam às extensas forças dórias dos Heráclidas que depois de décadas enfim reivindicavam o reino de seus ancestrais. O plano soava perfeito. Todos se beneficiariam e ainda havia a promessa de aliança eterna entre todos esses grandes reinos. Aliança que não se manteve para além do tempo de suas vidas mortais.

Se Ámetis tivesse previsto tal ajuntamento de forças, teria eliminado Polímetis, a quem tanto odiava, antes de tudo – como se poderia depreender dos conselhos de seu pai – ou quem sabe pudesse ter buscado o apoio dos Heráclidas antes de seu tio perverso, tentando amenizar as animosidades do passado; agora era tarde demais para qualquer atitude. Escolhera o caminho da pomba branca de Afrodite, afinal; o caminho da eterna amante de seu pai. Ela havia de ajudá-lo. E, de fato, nisso, o jovem não estava de todo errado.

De todo modo, a grande aliança de atenienses e dórios estava feita e os exércitos combinados das três frentes seguiam para Esparta [...] surpreendente [...].

[...] a inclemência do tempo e a inexorabilidade do destino jamais poderiam [...] reinos de grande glória. [...] foi decisivo. [...] poucas vidas foram poupadas e mesmo aqueles que se consideravam seguros acabaram por perecer na sequência de acontecimentos iniciados naquela batalha. [...] o massacre foi como o da velha Troia, de altíssimos muros, aberta aos inimigos pelo ardil de Odisseu, embora neste caso não tenha havido qualquer subterfúgio. Os espartanos caíram ante a força bruta e a estratégia militar [...] Athena escolhera quem iria triunfar.

[...] sucumbiram em sangue e fogo[82].

O exército vitorioso se dividiu e cada qual rumou por uma trilha diferente. Enquanto os descendentes de Héracles repartiam espólios e terras, Timetes retornou às pressas para garantir a segurança de seu próprio lar, cobiçado por inimigos subestimados, como Melanto, rei de Messênia, expulso de suas terras havia pouco tempo pelo próprio exército dos Heráclidas, e Xanto, rei de Tebas, que o desafiara por um duelo após [...].

Polímetis, o de olhos perspicazes, apressou-se a voltar para casa, portando sorridente a sangrenta cabeça do inimigo de toda a linhagem dos Ebálidas. Para sua decepção, não voltaria a tempo de ver Ácratos vivo uma última vez [...]. Gostaria de ter tido a satisfação de contar ao pai como Tisâmeno Oréstida, o de nobre e antiga estirpe, pereceu frente a [...].

O rei estava em sua cama, [...] [C]álita e Métide ao lado, ambas segurando suas mãos, quando Ámetis chegou esbaforido e hesitante com seus guerreiros. O monarca só teve tempo de perguntar se o neto amado tinha cumprido a missão dada. Envergonhado, o sempre bravo rapaz disse-lhe que estava reunindo provisões para então ir à luta contra a belicosa Esparta de Tisâmeno. O sorriso nos lábios do rei esvaneceu assim como o brilho de seus olhos. Antes de perceberem, Hermes mensageiro, com suas sandálias aladas, já conduzia sua alma para diante dos três juízes, Minos, o cruel, Radamentis, o justo, e Éaco, o equilibrado, nas terras ínferas

---

[82] Especula-se que todo esse trecho não passe de um exercício de reconstrução do hipotético original danificado, posto que esteja por demais fragmentário para ter sido concebido como tal. Esse trecho vem sendo usado por muitos teóricos, como Moréas e Cox, para defender, senão a autenticidade alexandrina, ao menos a certeza de que o manuscrito que nos sobrou é uma cópia de um texto anterior, já danificado no século XV e, portanto, possivelmente mais antigo.

do senhor Invisível. Jamais se soube se o que matou o bom monarca foi a velhice já assaz avançada ou o desgosto atroz em saber que partiria sem nomear um sucessor. [...] O neto o decepcionou. O filho não retornara [...] Chryseia vestiu luto [...] se[83] [...] o amargor de seus lábios teria sido menor[84]. O rei foi velado, como mandava a tradição daquele tempo, em meio a muito choro e desespero. Depois, foi incinerado com toda a pompa demandada pela ocasião. Cálita, do colo alvo, estava verdadeiramente triste, mas seu filho não podia deixar de sorrir ao pensar que, sem o avô, e com o detestável Polímetis, das magras pernas[85], no exterior, poderia facilmente tomar o poder, sem uma guerra de fato, sem sequer preocupar-se com a Esparta de seus inimigos. Talvez fosse essa a vitória pressagiada pela pomba enviada por seu pai. Seria rei de todo modo, coroado em meio à paz. [No entanto, foi uma grande ingenuidade pensar que tudo se arranjaria tão facilmente apenas pelo fato de seu avô ter perecido.][86]

---

[83] Dada a ausência de contexto ou de mais indícios não é possível saber se a partícula "se" preservada indicava o pronome pessoal do caso oblíquo (cuja grafia em português é a mesma da língua francesa) ou se seria uma sílaba integrante de outra palavra. Importa ainda notar que não se trata em nenhuma hipótese da conjunção "se" da língua portuguesa, mesmo se as palavras que se lhe sucedem possam dar essa errônea impressão, uma vez que em língua francesa, a conjunção correspondente ao "se" do idioma português não é grafada da mesma maneira (a saber, escreve-se *si*, enquanto o pronome oblíquo traz a mesma grafia nas duas línguas: *se*").

[84] Com a morte de Ácratos, entende-se que a profecia de Afrodite columbina se cumpriu: a pomba, afinal, predizia uma morte tranquila, apesar de triste e amargurada, a morte do velho rei. Um vaticínio que nem antes, nem depois, Ámetis soube interpretar com precisão.

[85] Um detalhe curioso e bastante moderno, com perdão pela anacronia do termo, na escrita de *Os Ebálidas* é a adequação dos epítetos conforme o ponto de vista acompanhado no parágrafo. Não raro uma personagem é bastante elogiada, quando assim o convém, para, logo em seguida, ser profundamente vilipendiada, à medida que se assume outra perspectiva. Tal fato é altamente improvável em um texto autêntico do período alexandrino, reforçando a hipótese de se tratar de um documento medieval.

[86] Frase acrescentada *a posteriori*, com outra caligrafia e tinta diferente.

Vendo-se em perigo, Métide dos olhos penetrantes tratou de reunir o conselho de anciões exigindo a manutenção do juramento concedido ao finado Ácratos, o fraco, porém justo. Uma promessa fora feita; oráculos haviam sido consultados: deveria ser rei quem trouxesse a cabeça de Tisâmeno como prova de sua bravura e poder; do contrário, Chryseia nunca recuperaria a prosperidade de antanho. Os veneráveis anciões concordaram com Métide sem hesitar. Os deuses não poderiam ser desafiados sem graves consequências. A vontade do rei falecido, aprovada em assembleia, deveria ser respeitada. Todavia, os generais, antevendo uma oportunidade, insurgiram-se. Tempos perigosos pediam medidas urgentes, e, por isso, mostraram-se em esmagadora maioria favoráveis a Ámetis, o destemido. Que se juntassem e sob o seu comando fossem buscar a prometida cabeça. A profecia não seria ignorada e o país teria enfim o rei merecido, um homem bravo e impetuoso.

A cidade estava em polvorosa. O Peloponeso parecia um caldeirão prestes a explodir e um reino não poderia se manter sem um rei de pulso firme [...] [mente][87] sã. Não aceitaram de bom grado. [...] [O][88] trono permaneceria vazio, a menos que

---

[87] A palavra "mente" é uma suposição de Wittembach pautada apenas no contexto. Não há outros elementos que apontem nessa direção; de todo modo, como o professor em geral se mostrava muito cuidadoso, optei por deixar o termo, devidamente marcado e anotado.

[88] Artigo faltante no manuscrito francês, mas acrescentado, bem mais recentemente, um pouco acima da palavra "trono" em algumas cópias sobreviventes do manuscrito. Curiosamente, quando cotejei a cópia da Biblioteca Nacional de Portugal com aquela disponível nos arquivos da Universidade de Edimburgo descobri para minha surpresa que o acréscimo não constava na segunda. Diante dessa revelação, escrevi à British Library e à Biblioteca Real de Bruxelas, perguntando sobre suas próprias cópias. A primeira respondeu-me dizendo que o acréscimo inexistia, enquanto a segunda confirmava a presença do artigo. Consultei ainda a versão digital da Biblioteca Nacional da França – a única instituição que digitalizou o documento, ainda que o mantenha apenas para acesso de pesquisadores cadastrados – e também nela o acréscimo não estava presente. Isso sugere que 1) alguém fez o acréscimo no manuscrito original, antes de este ter desaparecido da BNF, mas depois de as cópias portuguesa, inglesa e francesa terem sido feitas; ou 2) as cópias escocesas e belgas foram feitas a partir de

sangue chrysiense fosse derramado.

Afinal, não haveria paz.

[...]

Com a força dos atenienses e dos Heráclidas somadas, além dos trinta heroicos soldados de Chryseia, Esparta ruiu com relativa facilidade [...]⁸⁹. [Logo⁹⁰] [....], a cabeça do pobre Tisâmeno estava em um fardo de linho sendo transportada para a cidade dourada. Aquele foi o fim de uma era e das nobres casas de Atreu e de Tíndaro⁹¹, por tanto tempo gover-

---

alguma outra cópia, na qual foi feito o acréscimo – se foi esse o caso, pergunto-me onde estará tal cópia, pois não a encontrei. De todo modo, é certo que o polêmico acréscimo do artigo foi feito já no século XX, debaixo dos olhos de uma dessas renomadas instituições.

⁸⁹ O trecho do manuscrito que teoricamente transcreveria a batalha que causou a ruína de Esparta foi completamente avariado pela umidade, segundo a introdução renascentista do manuscrito de Avignon, então, quase tudo o que segue é suposição a partir de palavras soltas e do exercício interpretativo do presumido copista que traduziu o manuscrito para o francês medieval. Para essa tradução, devidamente embasada e cotejada por estudos anteriores, privilegiaram-se as opções interpretativas propostas na versão em alemão feita pelo próprio Prof. Wittembach, pela edição com atualização para o francês moderno realizada em 1894 por J. Moréas, conhecido helenista da época, bem como a edição definitiva da Universidade de Oxford. É interessante lembrar que em 1901 uma versão romanesca narrando os horrores dessa batalha foi encenada no célebre Teatro do Grand-Guignol em Paris. Nessa versão, de autoria anônima, o conflito se torna uma trama de horror, com corpos sendo eviscerados no palco, com uma gráfica crueza, típica daquela estética, como se pode atestar pela violência explícita do cartaz de divulgação que nos restou (Figura 8). Essa peça, bem como outras dramatizações e publicações surgidas na mesma época, deriva da pseudo-outismania finissecular, sem dúvida corroborada pelo entusiasmo de estudos como os de Cox, Wittembach, Moréas, dentre outros. Em Londres, na mesma época, foi publicado um *penny dreadful*, cujo frontispício reproduzimos aqui (Figura 9), em encadernado barato de capa azul, contando uma versão da história da peça de forma ainda mais sanguinolenta.

⁹⁰ Essa conjunção temporal claramente foi acrescentada *a posteriori* em outra caligrafia numa tentativa de interpretação. Embora não seja possível afirmar categoricamente, a escolha faz sentido pelo contexto.

⁹¹ É curioso notar que aqui a queda de Esparta é apresentada como se fosse uma informação nova; todavia, isso já havia sido dito alguns parágrafos antes. Isso talvez se explique por algum lapso do copista e, possivelmente, segundo uma teoria, pela existência de dois manuscritos anteriores sintetizados em um pelo copista, como aventado por Cox.

nantes da maior parte do Peloponeso e líderes dos aqueus na célebre guerra de Troia. [...] A tantos perigos sobreviveram, mas, ao fim e ao cabo, deixaram-se destruir pelo verme da inveja secular dos Ebálidas, descendentes de Hipocoonte, seus parentes distantes, mesmo tendo a vingança afinal sido operada por outras mãos. A memória da desonra consumiu-os até a todos controlar. A força desse sentimento se viu somada às rivalidades alimentadas por gerações contra os Heráclidas sempre dispostos à guerra, com quem foram injustos após o auxílio prestado na recondução de Tíndaro ao trono, e, sobretudo, contra os atenienses, eternos inimigos de quem quer que viesse a governar os bélicos lacedemônios. [...].

Polímetis, o de olhos cautelosos, chegou à sua pátria pouco tempo depois dos rituais fúnebres de seu suposto pai terem sido celebrados e, embora soubesse de sua ascendência divina confessada por sua mãe – e escondida de quaisquer outros ouvidos –, teve pena do velho que o criara, pois de uma forma ou de outra os dois haviam se amado e respeitado; graças a Ácratos, Polímetis agora seria rei. E ciente da tristeza que acompanhara o monarca na descida ao inflexível Plutão, o jovem derramou lágrimas e rasgou suas túnicas, em prova de legítimo pesar. Contudo, o jovem príncipe depois teria tempo para o luto e os protocolos, pois era enfim a hora de convocar sua cidade e mostrar seu triunfo, conclamando a aceitação pública e inequívoca por ter cumprido o desafio proposto pelo antigo rei.

Frente a um Ámetis abismado, uma Cálita receosa e uma Métide estufada de orgulho, o Hérmida retirou a cabeça do gentil filho de Orestes vingador de seu fardo e a colocou aos pés dos anciões e generais. Os primeiros aplaudiram; os últimos aquiesceram. Não havia como protelar. A decisão

Imagem 8: Reprodução de cartaz de divulgação do Théâtre du Grand-Guignol anunciando o espetáculo *A Queda de Esparta*, de 1901, segundo data no verso. Não conseguimos encontrar informações sobre os supostos realizadores da produção, tampouco puderam ser encontrados nas listas de colaboradores da casa no período, de modo que a consideramos de autoria anônima. O texto da peça também não foi preservado, o que coloca a legitimidade do cartaz, da data indicada (pode se tratar de uma montagem posterior, ainda que nada tenha sido encontrado sob esse nome nos arquivos da década anterior) ou do próprio espetáculo em causa. Acervo do Museu Carnavalet, Paris, França.

revelara-se unânime. O vaticínio do oráculo fora cumprido. Os três deuses enfim sorriam outra vez para a cidade de Plutômaco e, como a confirmar as determinações divinas, três pássaros foram avistados sobrevoando as praias douradas ao pôr do sol: uma olímpia águia protetora de longas asas, uma altiva coruja de cenho circunspecto e profundos olhos amarelos e um grande corvo negro cujo olhar penetrante deixava pouca dúvida a quem antes o viu de que seria a mesma ave pousada na oliveira da encruzilhada, onde se deu início ao fim das pretensões do filho de Ares ao trono. No chão, uma pompa assustada arrulhou, confirmando a vitória celebrada por todos, homens, deuses e aves.

A despeito da aclamação geral, Ámetis, com seu bravio temperamento, bem tentou protestar e chegou a pegar em armas diante de todos. [...] Acuado, tentou fugir, mas logo foi capturado e alertado pelos demais: a lei era inequívoca, os sinais da vontade dos deuses incontestáveis, a voz de Apolo, o oblíquo abridor de caminhos, fizera-se ouvir por seus oráculos. O perdedor do desafio deveria aceitar a amarga derrota e jurar lealdade ao seu novo senhor ou buscar o exílio enquanto pária para bem além das terras dos dórios, nas desconhecidas paragens setentrionais de neve incessante, onde poderia ser caçado como traidor de sua própria pátria. Completamente impotente e sem quaisquer apoiadores, uma vez que até mesmo seus guerreiros consideraram prudente não desafiar os numes, [...] ao jovem Árida só restava se resignar.

Todos aclamaram Polímetis, o multiastucioso, ruína dos Tindáridas e dos Átridas, vingador de Plutômaco e glória dos Ebálidas, filho de Ácratos, o por fim sensato herdeiro de Hipocoonte, e Métide, de belos olhos, da nobre casa de Teseu,

Figura 9: Cópia da capa de um *Penny Dreadful* sobre a queda de Esparta. Apesar da especificação, nenhuma outra edição parece ter sobrevivido. Acervo público de obras raras da Biblioteca Britânica, Londres, Reino Unido.

príncipe que, com seus quatorze anos, tornara-se o novo rei inconteste da dourada Chryseia das belas praias, graças à sua astúcia e desenvoltura política. Enfim, sem que mais ninguém o soubesse ou se lembrasse, a antiga profecia de Télos, o dileto adivinho espartano, cumpria-se à risca: um filho de um deus subia ao trono da cidade. A era de ouro recomeçava... E assim duraria, por mais algumas décadas, quando então a bela Chryseia cairia nas mãos de rivais ainda mais implacáveis para nunca mais se reerguer.

Breves Considerações Finais
(Sobre o legado da Casa dos Ebálidas)

Assim, com esse fatídico e melancólico final, termina o manuscrito atribuído a Pseudo-Outis. A História conta em múltiplas fontes que, dada a trágica morte de Aristomaco no conflito entre os dórios liderados pelos Heráclidas e os espartanos, seus filhos, Eurístenes e Prócles, tomando o trono da cidade vencida, deram início à célebre diarquia de Esparta que perdurou por aproximadamente sete séculos. Messênia e Argos, também conquistadas naquele conflito, passaram, respectivamente, a ser governadas por Cresfontes e Temeno, irmãos de Aristomaco. Já Polímetis, segundo outra das crônicas pseudo-outianas, praticamente o único *autor que o menciona, casou-se com a filha de seu tio Timetes, que foi morto, ironicamente, pouco tempo depois, por Melanto, antigo rei de Messênia, deposto quando os Heráclidas ocuparam a região com a ajuda dos atenienses e chrysienses. Com a queda de Timetes, a dinastia de Teseu se encerra em Atenas, embora persista de certa maneira através da descendência de Polímetis, único filho de Métide, se de fato podemos acreditar nas palavras de um "falso ninguém".*

Sabe-se muito pouco da antiga cidade de Chryseia para além do que está escrito neste documento e em alguns fragmentos das demais crônicas do manuscrito de Szémioth. Em uma outra fonte – uma das únicas referentes a esse assunto[92] *–, é dito que o rei*

---

[92] Trata-se de um outro manuscrito, destruído no século XIX, do qual Wittembach tinha notícia; todavia, o filólogo germânico não nos legou quase nenhuma informação sobre esse assunto e não se sabe exatamente se os nomes dessas personagens eram mencionados ou apenas indicados por patronímicos, uma vez que, até onde se consta, nenhum deles aparece em outro autor além de Pseudo-Outis, como dito na introdução deste trabalho.

Polímetis só teve uma filha, Calimeteia, que se casou com Soos, o herdeiro de Prócles, um dos reis de Esparta, de modo a incorporar ao sangue dos Heráclidas também a dinastia dos Teseidas. Segundo esse relato, após a morte dos dois monarcas, Prócles e Polímetes, o filho do Heráclida teria assumido um dos tronos de Esparta e anexado Chryseia ao reino, o que explicaria o fato da cidade de Plutômaco nunca ser citada nos antigos tratados de História ou mesmo em outras fontes literárias. Contudo, ainda assim, a ausência de um sítio arqueológico correspondente à cidade, apesar das indicações consideravelmente precisas de onde se teria situado, tiram a credibilidade dessa teoria, fato que corrobora, por outro lado, a teoria de que Pseudo-Outis, sabendo dos perigos de se nomear locais e personalidades ainda próximas de seu tempo, ter-se-ia valido do recurso de pseudônimos sugestivos. Infelizmente, chegar a quaisquer conclusões é impossível, até porque, como dito e debatido em pormenor na introdução, a própria autenticidade do manuscrito originário de Avignon – e a existência de seu autor – não é de todo inquestionável.

Ainda a respeito do destino das personagens do manuscrito, uma terceira fonte de origem ainda mais controversa[93], na qual consta outra das pouquíssimas menções conhecidas às personagens descritas por Pseudo-Outis, comenta também que Ámetis, o Árida, último dos Ebálidas, tornou-se escravo da rainha Métide.

---

[93] Trata-se de uma inscrição mural encontrada num antigo templo em ruínas no Peloponeso, destruído durante a Guerra da Independência da Grécia em meados da primeira metade do século XIX, então subjugada ao Império Otomano (atual Turquia). O registro do que estava escrito no muro sobreviveu em um diário de viagem redigido em francês por um jovem lorde inglês que lutou ao lado dos gregos, ou assim atesta tal registro. Não podemos ignorar, contudo, a hipótese de o autor do diário ter de algum modo tido acesso ao manuscrito de Szémioth (ou a alguma outra cópia dele, se um dia existiu), de maneira que, nesse caso, não se trataria de outra fonte, mas, sim, de uma informação de segunda mão, que nos levaria de volta à fonte primária.

Ele não deixou herdeiros conhecidos, encerrando assim o legado de seus antepassados e a casa fundada por Plutômaco. Vítima de sua própria inépcia, ficou conhecido, pelos poucos a se lembrarem de sua existência posteriormente, devido à irônica polissemia do termo, como Ámetis, o *(de mente) Árida*, em francês: *aride*[94].

Trata-se, no entanto, de um fragmento de texto tão conciso e enigmático e, ao mesmo tempo, tão posterior à suposta data de redação de As Crônicas de Pseudo-Outis, que sequer podemos especular com muita certeza se tratar-se-ia de fato do mesmo Ámetis, filho de Ares e de Cálita, legítimo herdeiro do reino de Plutômaco.

O Tradutor.

---

[94] Os literatos e historiadores que se debruçaram sobre esse documento, dentre eles o professor Kurt Wittembach, especulam que se Ámetis tivesse escolhido o caminho do corvo e não o do pombo, encontraria os Heráclidas antes de estes chegarem a Atenas e firmarem o fatídico pacto com Polímetis e Timetes. Provavelmente, Ámetis seria morto no confronto, uma vez que suas hostes eram muito inferiores numericamente, ou então chegaria a Esparta e lá pereceria pelo mesmo motivo, mas, independentemente do *como*, o resultado seria uma *"bela morte"*, conforme o ideal grego, no campo de batalha, tal como preferiu Aquiles, na *Ilíada* homérica, quando questionado sobre o destino que preferia, uma morte honrosa ainda jovem e a glória eterna, ou uma velhice no anonimato. Segundo o pensamento da época, a primeira opção seria preferível à vergonha a que foi submetido Ámetis, como escravo de Métide, sem jamais ter tido a chance de lutar para se provar, motivo pelo qual, não por acaso, sua história caiu no esquecimento assim como toda a glória de seus antepassados. Ou assim Pseudo-Outis sugere. À guisa de curiosidade, vale dizer que Wittembach era tão obcecado por essa paisagem que a tornou de certa forma parte de seu *ex libris* reproduzido a seguir (Figura 10).

Figura 10: *Ex Libris* temático com os símbolos associados à narrativa de Ámetis e Polímetis, incluindo água, coruja, corvo, pombo e cabeça coroada. Coleção particular do Prof. Kurt Wittembach, atualmente pertencente ao acervo da Biblioteca Nacional Francesa, Paris, França.

Notas sobre a reprodução de pseudo-recriações

[*transcrito do depoimento do ilustrador e artista plástico Karl Felippe no inquérito sobre a procedência dos itens relacionados a pesquisa de Pseudo-Outis. As perguntas foram omitidas da transcrição*]

[...] O que é preciso se levar em conta com um material como esse é que a narrativa criada ao redor da... bem, da outra narrativa, da narrativa mitológica que veio primeiro, ou que pode não ter vindo primeiro, no caso, é de igual importância para tudo, especialmente quando estamos falando sobre o resgate das evidências de que [pausa]... veja bem, quando eu digo evidências, eu não quero dizer evidências da veracidade da narrativa mitológica *enquanto narrativa mitológica*, mas da veracidade da busca pela possível.. ahem, veracidade dela. [...] Sim, eu entendo que olhando de um determinado ponto de vista isso pode parecer com um processo de falsificação de evidências, mas eu pergunto: realmente existe falsificação se as evidências em si nunca existiram? Ou *supostamente não existiram? É aí que está o conceito de tudo.* [...] Não, eu definitivamente *não estou admitindo que a pesquisa não é real, a pesquisa definitivamente é real, independente*mente do quão reais e materiais são as fontes dessa pesquisa. [...] Sim, eu entendo, mas esse é o conceito. [...] Não, é claro que não. [...] Não, é impossível eu traçar a localização do original de cada uma das reproduções. [...] Por que os originais *não existem*. É como o conceito de Simulacros e Simulação do Baudrillard, entende? Uma simulação é a imitação de algo existente no mundo real, certo? E um Simulacro já é uma cópia que começa imitando algo que existe na realidade, como referência, mas que vai se tornando mais distanciado do original conforme mais reproduções são feitas, até que o objeto real se torna irrelevante, até que fique tão distante dele que não possui mais um equivalente na realidade. Agora imagine que todas essas evidências são cada uma a simulação de um simulacro. É isso. [...] Sim, até os vasos e pratos, *digo*, as *reproduções* de fotografias dos pratos e vasos. [...] Eu não sei como deixar mais claro que *nem* os pratos e vasos, e *nem* as fotos originais dos pratos e vasos existem. [...] Sim, cada uma dessas evidências é uma reprodução apenas no sentido de que elas foram reproduzidas a partir de uma ideia. [...] Sim, mas é impossível serem falsificações de algo que não existiu; é preciso ter algo material para se falsificar em primeiro lugar. [...] No momento estou torcendo para que a existência da simulação de um simulacro que tecnicamente, *de fato*, é o objeto original não cause nenhum paradoxo desastroso na realidade. [*fim da transcrição*]

Karl Felippe.

A inexistência da verdade no texto literário:

Considerações essenciais sobre o "real" e o "ficcional"

(Nota Histórica à guisa de posfácio e esclarecimentos)

Caso ainda persista a dúvida, eis um esclarecimento: todos os nomes citados são fictícios ou estão ficcionalizados e qualquer coincidência com pessoas reais é culpa das três Moiras que não permitem obras do acaso. Dito isso, importa saber que Pseudo-Outis, assim como sua obra e personagens nela contidas, são inteiramente ficcionais e seus nomes são oriundos de uma brincadeira de base filológica quase pueril, mas que muito me divertiu enquanto autor dessa novela: "Polímetis" significa "o de muitas astúcias" ou "o multiastucioso" (e, originalmente, trata-se de um dos epítetos de Odisseu), "Ámetis" se traduz como o "sem astúcia", enquanto "Cálita" e "Métide" podem ser lidas, respectivamente, como a "filha da beleza" e a "filha da astúcia", uma vez que derivam do mesmo radical ao qual se soma a partícula "-ide" que marca origem. Cada nome busca então criar uma relação com a personagem designada, seja por uma característica de personalidade, seja por uma característica física, seja ainda por sua procedência, como "Pineia", que descende de "Pineios". Deixo a interpretação dos outros nomes inventados a encargo do leitor curioso.

Os demais nomes referidos nessa novela, no entanto, foram – quase sempre – pegos emprestados de fontes diversas, ora historiográficas, ora literárias, ora mitológicas, afinal, como se sabe, a melhor mentira – ou ficção – é justamente aquela que traz o máximo possível de elementos da nossa realidade, comprometendo-se o mínimo possível.

O professor Kurt Wittembach e o Conde Michel de Szémioth, por exemplo, foram criados por Prosper Mérimée (1803-1870), célebre escritor do romantismo francês, em sua novela *Lokis*, publicada em 1869, na qual o filólogo germânico de fato visita o nobre lituano em busca de um manuscrito raríssimo. O documento que ele procura, contudo, em nada tem a ver com a obra ficcional pseudo-outiana, inventada por mim, assim como os artigos do Prof. Wittembach e a revista *Hellade*, que são igualmente ficcionais. Na verdade, no texto de Mérimée, o professor busca documentos sobre a língua lituana, que o interessa em particular pelos arcaísmos que remontam à língua sânscrita e ligações com o idioma indo-europeu há muito perdido. A história de que o professor teria tido problemas com um homem meio-urso, no entanto, é um pequeno *spoiler* de *Lokis*. Peço perdão por isso, mas espero que sirva de provocação para que busquem ler a novela.

Juntar elementos da tradição francesa, lituana e grega foi um mero capricho, guiado apenas por meus gostos, percurso profissional e história de vida. São três culturas que, de uma forma ou de outra, sempre surgem em meu caminho. Afinal, sou cidadão lituano, professor de francês e estudei por muitos anos mitologia grega e seu impacto ao imaginário do século XIX, questão tangencial, mas que considero essencial, de minha tese de doutorado. Essa mesma justificativa também explica as referências esparsas em notas ao período finissecular, ao qual dediquei mais de doze anos de estudo, entre graduação, mestrado e doutorado.

George W. Cox (1827-1902), por sua vez, foi de fato um helenista inglês, que viveu na segunda metade do século

XIX. Pouco recordado atualmente, seu nome permanece nos compêndios de historiografia literária por ter sido o autor da obra *Os deuses antigos*, traduzida e adaptada para o francês pelo poeta simbolista Stéphane Mallarmé (1842-1898), cuja celebridade ofuscou o autor da obra original. O poeta, inclusive, alterou substancialmente a obra de Cox, de modo que muitas vezes este sequer é lembrado ou mesmo mencionado nas edições da tradução mallarmeana. De todo modo, nada do que é mencionado aqui diz respeito ao livro traduzido por Mallarmé ou tem qualquer relação ao Cox histórico. Apenas quis brincar usando um nome real, de um helenista do século XIX. A revista *Ancient History*, na qual Cox teria publicado seus textos sobre o manuscrito de Szémioth, nunca existiu, embora seja um nome tão banal que é provável existir algum periódico com esse nome; de todo modo, se existe ou existiu eu não tinha conhecimento dessa informação ao escrever este livro.

Esse é o mesmo caso da personagem J. Moréas, inspirado vagamente em Jean Moréas (1856-1910), outro poeta simbolista francês, nascido na Grécia. No fim da vida, Moréas se voltou à Antiguidade Clássica, criando a Escola Romana, movimento que defendeu praticamente sozinho e não teve grandes repercussões. Hoje, tal escola mal figura em notas de rodapé nos compêndios de historiografia literária, onde, aliás, Moréas permanece atrelado ao Simbolismo que ajudou a fundar com um manifesto inflamado e depois renegou com veemência. Achei engraçado colocá-lo como um fiel defensor e difusor da fictícia pseudo-outismania finissecular, ecoando a ossianomania da geração anterior, na qual poetas defendiam ferrenhamente a autenticidade de *Fingal*. O que teriam pensado se descobrissem que tudo não passava de um estratagema de Macpherson? O fato de Moréas ser um grego, radicado na França, deu mais gosto à referência.

Já o professor José Gusmão, o arguto pesquisador de literatura francesa da Universidade de São Paulo, assim como sua obra e a editora que a publicou, é uma figura completamente fictícia e inspirada *bem* vagamente em alguns de meus professores de estudos franceses e de estudos clássicos, sem remeter a uma pessoa específica. O mesmo vale para o professor Olívio Martins, totalmente fictício, pesquisador do Centro de Estudos Clássicos e Humanísticos (que realmente existe), da Universidade de Lisboa, cujo nome baseei no de grandes professores de estudos clássicos que tive na graduação e que foram imensamente importantes para o meu percurso.

A professora L. C. Carrol, bem como sua obra *A inexistência da verdade no texto literário* (título que retomo nesse posfácio) citada numa das notas, é inspirada em minha esposa, Carol Chiovatto, que fez comentário semelhante ao da fictícia pesquisadora enquanto lia uma das versões desse livro. Gostei tanto que quis incorporar seu comentário então criei a personagem, o livro e a nota em sua homenagem. O tradutor lituano, por sua vez, que nomeei como Algirdas Taujanskas, tem seu prenome retirado de Algirdas Greimas (1917-1992), linguista e importante pesquisador da mitologia lituana; já seu sobrenome retoma a forma original do nome da minha família lituana, aportuguesado no Brasil para Tovianskas. Nunca houve, até onde pude pesquisar, um historiador chamado Odisseu de Cilene, embora a cidade de fato tenha existido, segundo textos antigos. Sua localização é tema de debates, mas se especula que seria na costa oeste do Peloponeso, mesmo lugar onde coloquei minha Chryseia, e onde se localiza a cidade grega de Pírgos, citada na legenda de uma das imagens.

Vale ainda mencionar que o livro *As Aventuras de Telêmaco*, do escritor francês François Fénelon (1651-1715), assim como o volume *Biblioteca*, atribuído a Pseudo-Apolodoro, o poeta James Macpherson (1736-1796) e seu *Fingal*, ou ainda o Teatro do Grand-Guignol localizado em Paris, são todos reais. Jean-Pierre Vernant (1914-2007), mencionado rapidamente numa das notas também existiu, assim como Paul Veyne; ambos são de fato elogiados helenistas, cujos trabalhos ajudaram-me a embasar historicamente essa metacrônica experimental de fantasia. Os livros que citei de ambos os autores existem nas edições mencionadas. Recomendo a leitura a quem se interessa por essas questões. Marion Giebel, bem como seu brilhante trabalho sobre *O Oráculo de Delfos*, também são reais. O livro em questão foi traduzido para o português brasileiro em bela edição da Editora Odysseus em 2013 e foi uma das obras mais importantes para a criação do meu fictício manuscrito de Szémioth, no qual oráculos e presságios são centrais. Também o recomendo fortemente.

Também existiu um administrador geral da Biblioteca Nacional de França chamado Étienne Dennery (1903-1979); contudo, esse diplomata real, felizmente, jamais precisou justificar quaisquer desaparecimentos de documentos raros como seu homólogo literário, de modo que a entrevista ao *Le Monde* (jornal que também existe) é totalmente fictícia. Também é verdadeiro o princípio de tradução citado na última nota da introdução, bem como o pesquisador que o propôs, Henri Meschonnic (1932-2009). Outras figuras reais rapidamente mencionadas são os poetas brasileiros Álvares de Azevedo (1831-1852), que de fato cita Ossian em sua obra, e Haroldo de Campos (1929-2003), autor do princípio de transcriação.

As Universidades de Kaunas, Oxford e Humboldt são instituições reais, assim como as bibliotecas nacionais e museus mencionados, que foram escolhidos por terem sido instituições, de alguma forma, presentes em meu próprio percurso acadêmico, salvo exceções pontuais como o Museu Arqueológico Nacional de Nápoles e o Museu Carnavalet que ainda não tive a oportunidade de visitar, escolhidos apenas pela proximidade temática. Citá-los foi em certa medida uma forma de homenageá-los e prestar tributo à importância que tiveram em minha vida.

Vale mencionar que nenhuma das supostas fotografias que acompanham o texto são, de fato, fotografias, por mais verossímeis que possam parecer. Trata-se na verdade de um conjunto de ilustrações propostas especificamente para o livro *Os Ebálidas* pelo artista e escritor Karl Felippe, que comprou a proposta do projeto como ninguém. Karl concebeu a capa, o mapa e as árvores genealógicas a partir de *briefings* que lhe enviei; já as demais ilustrações (inclusive o *ex-libris*) e criações são interpretações e escolhas suas, inspiradas livremente pela leitura do manuscrito. Propôs também as legendas que as acompanham, salvo por uma ou outra informação que acrescentei por minha conta, como as referências aos tantos museus e bibliotecas nos quais cada artefato ou documento supostamente estaria conservado. A maravilhosa legenda do mapa é inteiramente dele.

Como eu disse no início e volto a frisar: Chryseia, assim como seus habitantes e fundador e tudo o mais que lhe diga respeito (inclusive as supostas outras fontes mencionadas na nota que encerra a narrativa), nunca existiram, nem historiográfica nem literariamente. São uma criação para o presente livro. Já Hipocoonte, Héracles e demais personagens advindos de outras cidades-estados gregas encontram-se presentes em diversas fontes da mitologia helênica. As notas, portanto, quando fazem referência à genealogia, em geral respeitam a tradição, embora por vezes eu tenha me permitido o capricho de escolher uma versão e não outra, pois comumente há diversas variantes para cada mito e não haveria espaço para debatê-las aqui (e esta tampouco era a proposta desse livro). Além disso, para a narrativa fazer sentido, tornou-se mais fácil guiar-me por uma única versão, dando mais coerência às intrincadas disputas e rixas familiares tão comuns naquela época. Esse mesmo princípio vale para as Árvores Genealógicas do anexo a seguir, nas quais sempre escolhi uma versão de cada mito para dar coesão ao múltiplo, confuso e apaixonante universo da mitologia grega antiga.

O Autor.

Nota real sobre a reprodução de pseudo-recriações

Criar evidências supostamente falsificadas, ou de procedência duvidosa, para uma pesquisa imaginária, sobre um mito fictício que foi investigado por diversos, e igualmente imaginários, acadêmicos de diversas épocas foi uma ideia que acionou ao mesmo tempo todas as partes necessárias de meu cérebro para me jogar nesse projeto. A experiência de desenhar algo, ou editar uma imagem, e ao mesmo tempo criar inconsistências de contexto para elas não foi apenas algo muito divertido de se fazer, mas serviu para exercitar certos músculos criativos que eu imagino serem o oposto daqueles que um falsário usaria. E, é claro, criar obras que propositalmente têm inconsistência também pode servir para justificar qualquer erro ou falha que tenha passado despercebida enquanto eu desenhava ou editava o material de apoio visual deste livro, afinal, ninguém tem como saber que não foi proposital. Os nomes no cartaz do Théâtre du Grand-Guignol aqui reproduzido são de colaboradores reais do teatro, embora nunca tenham trabalhado na época mencionada, e a tipografia do cartaz também foi realmente usada para a divulgação das peças, também em uma época diferente. Incluir pequenas evidências como essas nos detalhes ou iconografia de cada ilustração, de cada imagem, para que elas apontem na direção oposta da esperada foi um processo tão divertido que algumas das informações sobre a procedência duvidosa de cada uma das imagens acabaram sendo incorporadas nas legendas de cada uma delas. Eu só tenho a agradecer ao Bruno por ter me chamado para participar deste livro. A não ser, é claro, que eu também seja fictício, e, nesse caso, entramos em um nível ainda mais metalinguístico que pode se revelar um perigo para o tecido da realidade como a conhecemos, além do risco para minha possibilidade de continuar ilustrando novas obras, que é ainda mais preocupante para mim.

Karl Felippe.

ANEXOS

Figura 11: Reprodução de um mapa que acompanhava o ensaio que, entre outras coisas, se propunha a indicar a localização exata de Chryseia. Durante a palestra em que o ensaio seria apresentado, o autor do trabalho foi questionado se o local da nação perdida havia sido marcado no mapa de forma interrogativa por conta de algum conceito relacionado à efemeridade do assunto, ou pela notória fama de fictícia que a cidade ainda mantém; a resposta do mesmo foi empalidecer, checar sua própria cópia do mapa, algumas das cópias distribuídas no auditório, e sair murmurando "de novo não, de novo não, eu sabia que havia esquecido de algo" enquanto batia na própria testa com um grosso volume de Wittembach.

Árvores Genealógicas

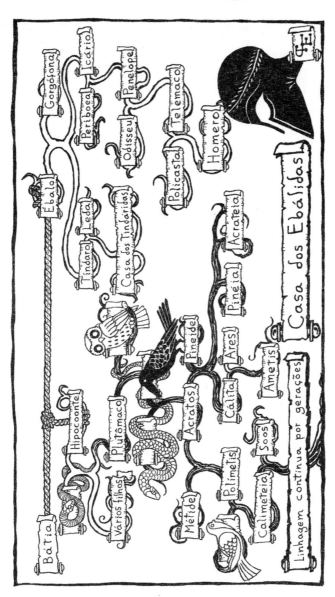

97

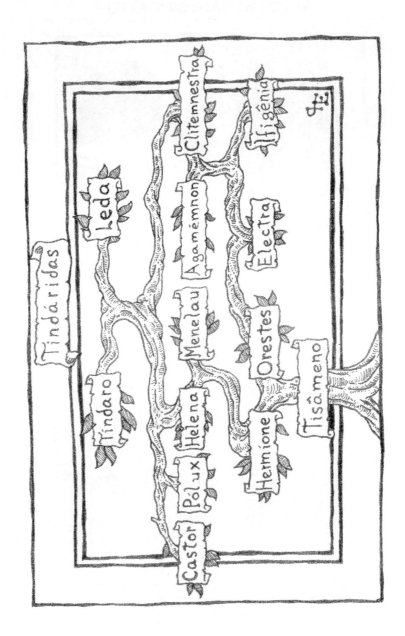

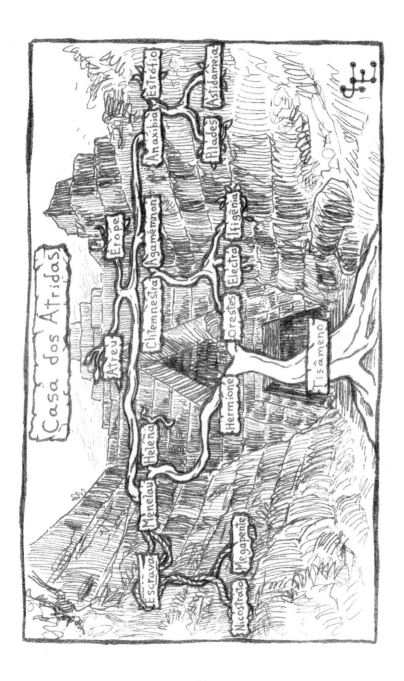

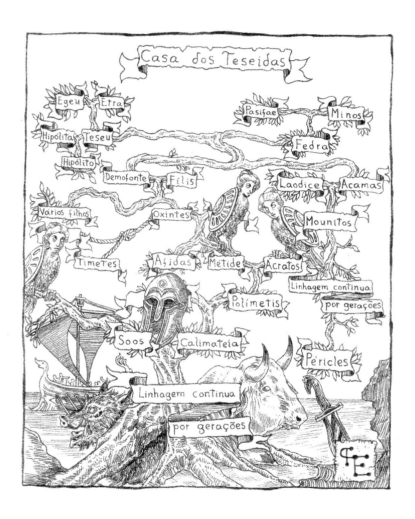

AGRADECIMENTOS

Após mais de dez anos desde a composição da primeira versão desta história (inicialmente, imaginada como parte de uma antologia sobre profecias, à qual havia sido convidado, que nunca foi publicada – ainda bem!), este livro finalmente chega a público. Em sua versão inicial, havia apenas a história de Chryseia, Polímetis, Ámetis e Ácratos, bem resumida, e um pequeno parágrafo inicial falando sobre o manuscrito ter sido encontrado na Lituânia e traduzido do francês para o português. Era talvez menos de dez porcento do texto aqui publicado, mas já havia colocado então uma meia dúzia de notas, conceito declaradamente inspirado em *Jonathan Strange & Mr. Norrell*, de Susanna Clarke (desde que li esse livro pela primeira vez desenvolvi um grande fascínio por notas). Com o tempo, fui desenvolvendo a história em torno do manuscrito e desenvolvendo o próprio texto também, bem como seus paratextos, incluindo o posfácio em que o contexto é explicado. O resultado é o livro que você tem em mãos, fruto de minhas maiores paixões e obsessões, no qual a saga dos Ebálidas se tornou apenas parte do todo e a história do manuscrito ganhou protagonismo.

Esse longo percurso não seria possível sem o incentivo, a ajuda, o apoio e o trabalho incansável de diversas pessoas que acreditaram que uma obra tão pouco convencional poderia interessar alguém além de mim mesmo. A começar pelo meu editor e amigo, Thiago Tizzot, que não hesitou, logo iniciada a leitura, a escrever-me com um empolgado: "Vamos publicar!". Depois desse aceite tão entusiasta, tive crises autorais e revi o manuscrito inúmeras vezes ao longo de mais de dois anos, mas sempre tendo a tranquilidade de ter um editor paciente e gentil à espera. Saber que posso contar como um leitor como você é uma grande motivação para continuar escrevendo, Thiago! Do mesmo modo, estendo o agradecimento aos demais membros da equipe da Editora Arte & Letra, por saber, antes mesmo de ver o livro diagramado, o quão bonito ele será, com seu acabamento delicado e artesanal, como só vocês sabem fazer. É uma honra, mais uma vez, integrar o catálogo de vocês.

Um muitíssimo obrigado a Karl Felippe, que não apenas aceitou o convite para fazer a capa deste projeto excêntrico como mergulhou nele de cabeça, propondo por sua conta e risco – o que adorei! – as ilustrações maravilhosas que tornaram o livro tão bonito, bem como suas intrigantes legendas que contribuíram para tornar o *Manuscrito de Szémioth* e toda a lenda em seu entorno mais reais do que nunca, acabando inclusive por me ajudar e incentivar a escrever mais uma porção de notas (como já disse, quem me conhece sabe o quanto sou louco por elas!). Sua empolgação com a história e com a ideia de torná-la o mais crível possível foi sem dúvida um dos maiores presentes que recebi ao longo dessa longa trajetória. As duas preciosas notas que aceitou escrever para encerrarmos o livro com chave de ouro superaram, e muito, minhas mais altas expectativas. Muito obrigado por tornar este livro tão melhor!

Agradeço em seguida às amigas e escritoras Debora Gimenes e Fernanda W. Borges que talvez nem mais se lembrem, mas a quem sou grato por terem lido esta narrativa em sua versão inicial e, mesmo então, tanto me incentivaram a publicá-la. Imagino que mal vão conseguir reconhecer aquele conto no livro atual e espero que gostem tanto a versão final – que tanto prefiro – quanto gostaram do tímido texto de 2011 que tinha quase um décimo do tamanho e só anunciava uma ideia em germe.

Um agradecimento muito especial aos amigos italianos Matteo Rei e Erica Cnapich, que, por obra do acaso (ou nem tanto), descobriram meus *Contos para uma noite fria* e sem se dar conta reacenderam o escritor adormecido que um dia existiu em mim. Matteo, obrigado por levar meu livro à sua pátria, por divulgá-lo e considerá-lo digno de ser tema de trabalho acadêmico. Erica, nunca saberei como lhe agradecer pelo estudo e tradução, resultado de sua bela dissertação de mestrado, que deu aos meus contos renovada voz e nova vida na língua de meus ancestrais. Com o entusiasmo de ambos, Matteo e Erica, nem sei dizer o quanto me ajudaram a recuperar a vontade de escrever ficção (mesmo se maquiada de pesquisa), perdida em algum lugar do percurso de minha trajetória acadêmica.

Um enfático muito obrigado para meus queridos amigos Felipe Leonard, Enéias Tavares, Ana Rüsche e Adriana Chiovatto que já em 2020 leram a versão quase final do livro e ajudaram-no a tomar a sua forma acabada que agora chega a público. Seus conselhos, palpites e empolgação contribuíram muito para que, depois de tanta espera, o livro finalmente saísse. Agradeço ainda a Felipe e Enéias, em particular, pela consultoria relativa às questões mais técnicas do mundo helênico, cujos conhecimentos de vocês, enquanto especialistas do assunto, muito me elucidaram.

Para não mais me estender, meu muito obrigado à minha família e amigos, que estão sempre a meu lado, em especial, à minha mãe e a meu pai, que me ajudam em qualquer loucura que eu resolva inventar, às minhas avós e meus avôs que foram, são e sempre serão meus maiores heróis, e, sobretudo, à Carol, minha esposa e melhor amiga, cujo incentivo incessante, revisão criteriosa e paciência infinita garantiram que eu não desistisse de escrever e que aos pouquinhos enfim conseguisse finalizar este breve, mas bastante laborioso livro. Obrigado também, Carol, por ter recomendado que eu retirasse "As duas faces do Oráculo" de meus *Contos para uma noite fria* ao perceber que não compartilhava da mesma melancolia das demais narrativas. Você percebeu antes de mim todo o potencial dessa história. O conto não teria virado um livro se você não tivesse dado esse conselho lá em 2014. Por isso, e por tudo o mais, ao longo desses 10 anos juntos, meu eterno obrigado.

    Agradeço, por fim, a você, que agora o lê, sem quem nada faria sentido.

O AUTOR

Bruno Anselmi Matangrano é bacharel em Letras (português e francês), mestre e doutor em Literatura Portuguesa pela Universidade de São Paulo (USP). Dedica suas pesquisas às estéticas simbolista e decadentista, às vertentes do insólito ficcional e às representações de animais, monstros e seres fantásticos na literatura e no cinema. Em 2021, foi professor de literatura na Universidade Federal de Pelotas (UFPel) e, atualmente, é professor de português na Escola Normal Superior (ENS), na cidade de Lyon, França. Já organizou várias coletâneas de contos temáticos, dentre as quais *O Outro lado do Crime: dossiê de casos sobrenaturais* (2016), em parceria com Debora Gimenes, tem diversos textos de ficção e artigos publicados em jornais, coletâneas e revistas e é autor dos livros *Contos para uma noite fria* (2014) e *Fantástico Brasileiro: o insólito literário do romantismo ao fantasismo* (2018), ensaio historiográfico escrito com Enéias Tavares e ilustrado por Karl Felippe. Foi editor de revistas acadêmicas por mais de dez anos e atuou também na edição de obras literárias nacionais e internacionais de várias épocas, tendo recentemente lançado com Maria de Jesus Cabral a primeira edição brasileira da peça portuguesa *Belkiss: rainha de Sabá, de Axum e do Himiar* (2019), de Eugénio de Castro. Enquanto tradutor de francês, já teve oportunidade de trabalhar com obras de autores contemporâneos e de alguns célebres escritores clássicos como Théophile Gautier, Antoine de Saint-Exupéry, Maurice Leblanc, Charles Nodier, dentre outros.

O ILUSTRADOR

Karl Felippe é um ilustrador que se comunica quase que exclusivamente via compartilhamento de informações brutas e notas de referência. Quando não está trabalhando em ilustrações, esculturas, ou em manuscritos ocultos de procedência obscura, é impossível provar sua existência no plano material. Além de projetos paralelos com o grupo *Conselho Steampunk*, que ajudou a formar, ele já ilustrou contos para edições da *Revista Trasgo* e da *Revista Mafagafo*, e em 2015, começou sua parceria com Enéias Tavares, produzindo ilustrações para histórias no universo *Brasiliana Steampunk*, incluindo as ilustrações para o suplemento escolar da obra. Foi o ilustrador do livro *Fantástico Brasileiro: o insólito literário do romantismo ao fantasismo* (2018), produziu as ilustrações internas e capa do livro *A Maldição do Czar* (2021) vencedor do Prêmio ABERST de Literatura na categoria Romance de Narrativa Longa de Suspense e do Prêmio Minuano de Literatura Infanto-Juvenil, assim como os mapas do livro *Parthenon Místico* (2020), finalista do prêmio Jabuti, bem como as ilustrações e design para o material transmídia do livro.

Este livro foi produzido no Laboratório Gráfico
Arte & Letra, com impressão em risografia e
encadernação manual.